2nd Edition

CHINESE MADE EASY

Workbook

Traditional Characters Version

輕鬆學漢語（練習冊）

Yamin Ma
Xinying Li

Joint Publishing (H.K.) Co., Ltd.
三聯書店（香港）有限公司

（spine） 2nd Edition CHINESE MADE EASY

Chinese Made Easy *(Workbook 2)*

Yamin Ma, Xinying Li

Editor	Chen Cuiling, Luo Fang
Art design	Arthur Y. Wang, Yamin Ma, Xinying Li
Cover design	Arthur Y. Wang, Amanda Wu
Graphic design	Amanda Wu, Zhou Min
Typeset	Zhou Min

Published by
JOINT PUBLISHING (H.K.) CO., LTD.
Rm. 1304, 1065 King's Road, Quarry Bay, Hong Kong

Distributed in Hong Kong by
SUP PUBLISHING LOGISTICS (HK) LTD.
3/F., 36 Ting Lai Road, Tai Po, N.T., Hong Kong

First published November 2001
Second edition, first impression, August 2006
Second edition, second impression, January 2009

You can contact us via the following:
Tel: (852) 2525 0102, (86) 755 8343 2532
Fax: (852) 2845 5249, (86) 755 8343 2527
Email: publish@jointpublishing.com
http://www.jointpublishing.com/cheasy/

輕鬆學漢語 *(練習冊二)*

編　　著	馬亞敏 李欣穎	
責任編輯	陳翠玲 羅　芳	
美術策劃	王　宇 馬亞敏 李欣穎	
封面設計	王　宇 吳冠曼	
版式設計	吳冠曼 周　敏	
排　　版	周　敏	
出　　版	三聯書店（香港）有限公司	
	香港鰂魚涌英皇道1065號1304室	
香港發行	香港聯合書刊物流有限公司	
	香港新界大埔汀麗路36號3字樓	
印　　刷	中華商務彩色印刷有限公司	
	香港新界大埔汀麗路36號14字樓	
版　　次	2001年11月香港第一版第一次印刷	
	2006年8月香港第二版第一次印刷	
	2009年1月香港第二版第二次印刷	
規　　格	大16開 (210 x 280mm) 208面	
國際書號	ISBN 978.962.04.2597.4	

©2001, 2006 三聯書店（香港）有限公司

Authors' acknowledgments

We are grateful to all the following people who have helped us to put the books into publication:

- Our publisher, 李昕, 陳翠玲 who trusted our ability and expertise in the field of Mandarin teaching and learning, and supported us during the period of publication
- Professor Zhang Pengpeng who inspired us with his unique and stimulating insight into a new approach to Chinese language teaching and learning
- Mrs. Marion John who edited our English and has been a great support in our endeavour to write our own textbooks
- 張誼生, Vice Dean of the Institute of Linguistics, Shanghai Teachers University, who edited our Chinese
- Arthur Y. Wang, 于霆, 萬瓊, 高燕, 張慧華, Annie Wang for their creativity, skill and hard work in the design of art pieces. Without Arthur Y. Wang's guidance and artistic insight, the books would not have been so beautiful and attractive
- 梁玉熙 and Tony Zhang who assisted the authors with the sound recording
- Our family members who have always supported and encouraged us to pursue our research and work on this series. Without their continual and generous support, we would not have had the energy and time to accomplish this project

Contents ———— 目　錄

第一單元　顏色、衣服

第一課　我喜歡黃色

1 Find the phrases. Write them out.

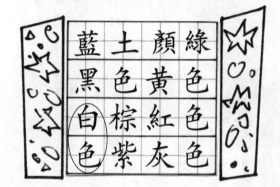

藍	土	顏	綠
黑	色	黃	色
白	棕	紅	色
色	紫	灰	色

(1) ___白色___　　　(5) _____

(2) _____　　　(6) _____

(3) _____　　　(7) _____

(4) _____　　　(8) _____

2 Write the pinyin for the following words.

(1) 黃色 _huángsè_　(7) 黑色 _____

(2) 紫色 _____　(8) 棕色 _____

(3) 藍色 _____　(9) 綠色 _____

(4) 灰色 _____　(10) 顏色 _____

(5) 紅色 _____　(11) 一共 _____

(6) 白色 _____　(12) 喜歡 _____

3 Group the characters according to their radicals.

(1) 目 ___看___　　(8) 又 _____

(2) 糸 _____　　(9) 田 _____

(3) 灬 _____　　(10) 忄 _____

(4) 广 _____　　(11) 艹 _____

(5) 足 _____　　(12) 木 _____

(6) 頁 _____　　(13) 雨 _____

(7) 宀 _____　　(14) 扌 _____

(a) 級	(b) 看	(c) 庭
(d) 顏	(e) 界	(f) 友
(g) 路	(h) 每	(i) 快
(j) 零	(k) 把	(l) 然
(m) 藍	(n) 綠	(o) 棕
(p) 黑		

4 Colour the pictures according to the instructions.

1
紅、白色

2
棕色

3
黃、棕色

4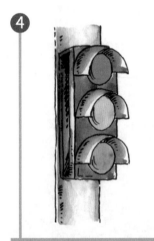
紅、黃、綠色

5
棕色

6
黃色

7
綠色

8
紅、綠色

9
黑色

10
紫、灰、藍色

2

5 Translation.

(1) red car ___紅色的汽車___

(2) silver boat _____

(3) black hair _____

(4) brown bicycle _____

(5) yellow pen _____

(6) blue watch _____

(7) purple English book _____

(8) white cloud _____

(9) grey elephant _____

(10) green taxi _____

(11) brown school bag _____

(12) black horse _____

6 Reading comprehension.

　　我叫張大年。我在英國出生，在南非長大。我是英國人。我今年十二歲，上八年級。

　　我家一共有五口人：爸爸、媽媽、哥哥、妹妹和我。我爸爸是經理，在一家酒店工作。我媽媽是秘書。爸爸會說英語和德語，媽媽會說英語和法語。爸爸每天開車上班，媽媽每天走路上班。我爸爸、媽媽都喜歡黑色。

Answer the questions.

(1) 張大年是哪國人？

(2) 他出生在哪兒？

(3) 他今年多大了？

(4) 他有幾個兄弟姐妹？

(5) 他爸爸做什麼工作？

(6) 他爸爸每天怎麼上班？

(7) 他媽媽會說德語嗎？

(8) 他爸爸、媽媽喜歡什麼顏色？

7 Colour the pictures. Write down the colours in Chinese.

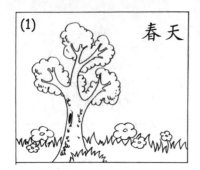
(1) 春天

tree: _____

flowers: _____ grass: _____

(2) 夏天

sky: _____ clouds: _____

sea: _____ boat: _____

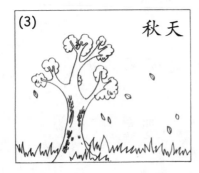
(3) 秋天

leaves: _____ trunk: _____

grass: _____

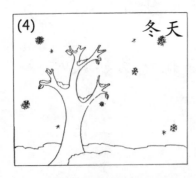
(4) 冬天

snow flakes: _____

tree: _____ ground: _____

8 Correct the mistakes.

(1) 颜   颜_____   (4) 棕 _____   (7) 蓝 _____

(2) 黄 _____   (5) 灰 _____   (8) 紫 _____

(3) 绿 _____   (6) 更 _____   (9) 晗 _____

4

9 Translation.

(1) 紅 _____   (6) 黑 _____

(2) 綠 _____   (7) 藍 _____

(3) 紫 _____   (8) 黃 _____

(4) 灰 _____   (9) 白 _____

(5) 棕 _____   (10) 銀色 _____

10 Translation.

(1) 白馬比黑馬高。

(2) 黃車比綠車大。

(3) 白船比藍船小。

(4) 黑自行車比黃自行車好看。

(5) 這家公司一共有五十個人。

(6) 他一共有七個兄弟姐妹。

11 Reading comprehension.

王先生是醫生，王太太是護士，他們在同一家醫院工作。

他們有兩個孩子，一個男孩兒，一個女孩兒。男孩兒今年十五歲，上中學三年級。女孩兒今年十歲，上小學五年級。他們一家住在上海。

王先生喜歡黑色，王太太喜歡紅色。他們的兒子喜歡藍色，女兒喜歡紫色。

True or false?

( ) (1) 王先生、王太太都是醫生。

( ) (2) 王先生、王太太有兩個孩子。

( ) (3) 男孩兒今年十歲，女孩兒今年十五歲。

( ) (4) 王先生一家住在上海。

( ) (5) 王先生喜歡黑色。

( ) (6) 王太太喜歡藍色。

( ) (7) 他們一家人都喜歡棕色。

閱讀（一）　文房四寶

1 Dismantle the characters into parts.

(1) 筆　⺮　聿

(2) 墨　＿＿　＿＿

(3) 紙　＿＿　＿＿

(4) 硯　＿＿　＿＿

(5) 寶　＿＿　＿＿

(6) 房　＿＿　＿＿

(7) 它　＿＿　＿＿

(8) 寫　＿＿　＿＿

2 Find the phrases. Write them out.

(1) ＿＿＿＿

(2) ＿＿＿＿

(3) ＿＿＿＿

(4) ＿＿＿＿

(5) ＿＿＿＿

(6) ＿＿＿＿

(7) ＿＿＿＿

(8) ＿＿＿＿

(9) ＿＿＿＿

(10) ＿＿＿＿

(11) ＿＿＿＿

(12) ＿＿＿＿

3 Give the meanings of the following phrases.

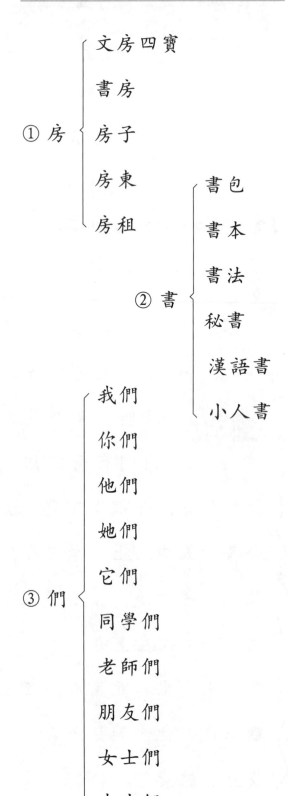

① 房　{ 文房四寶　書房　房子　房東　房租

② 書　{ 書包　書本　書法　秘書　漢語書　小人書

③ 們　{ 我們　你們　他們　她們　它們　同學們　老師們　朋友們　女士們　先生們

第二課　　他們穿校服上學

1 Write the pinyin for the following words.

(1) 穿 _____   (7) 大衣 _____

(2) 格子 _____   (8) 毛衣 _____

(3) 條子 _____   (9) 連衣裙 _____

(4) 短袖 _____   (10) 襪子 _____

(5) 襯衫 _____   (11) 皮鞋 _____

(6) 呢子 _____   (12) 外套 _____

2 Find the odd one out.

(1) 每天　　今年　　今天　　明天

(2) 走路　　吃飯　　晚上　　看書

(3) 電車　　火車　　汽車　　開車

(4) 大象　　大夫　　商人　　太太

(5) 先生　　小姐　　女士　　喜歡

(6) 國畫　　毛筆　　竹筷　　快車

3 Match the pictures with the words in the box.

f

(a) 連衣裙   (f) 長袖男襯衫

(b) 條子裙子   (g) 長大衣

(c) 皮鞋   (h) 短袖女襯衫

(d) 手套   (i) 襪子

(e) 長褲   (j) 毛衣

_____   _____   _____

_____   _____   _____   _____

4 Find the phrases. Write them out.

襯	衫	紫	色	上	衣
長	褲	襪	棕	色	服
短	裙	子	外	套	怎
袖	手	紅	黃	什	麼
牙	套	灰	色	顏	黑
連	衣	裙	鞋	白	色

(1) _____   (8) _____

(2) _____   (9) _____

(3) _____   (10) _____

(4) _____   (11) _____

(5) _____   (12) _____

(6) _____   (13) _____

(7) _____   (14) _____

5 Use "的" to write one sentence for each picture.

Example

爸爸 襯衫

這是爸爸的襯衫。

① 哥哥 褲子

② 我漢語老師 毛衣

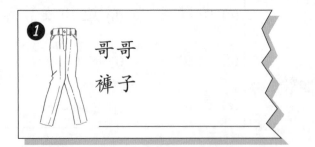

③ 我媽媽 皮鞋

④ 她姐姐 連衣裙

⑤ 弟弟 襪子

6 Write the following items of clothing in Chinese.

❶ 格子襯衫　❷ _____　❸ _____　❹ _____

❺ _____　❻ _____　❼ _____　❽ _____　❾ _____

❿ _____　⓫ _____　⓬ _____　⓭ _____

7 Put the words into sentences.

Example

在工廠　工作
我爸爸。

→ 我爸爸在
工廠工作。

(1) 上學　每天　小明　公共汽車　坐。

(2) 喜歡　她　穿　短袖襯衫和短裙子。

(3) 北京　我們一家人　住在　都。

(4) 會說　他爸爸　語言　好幾種。

(5) 放學回家　三點半　她妹妹　每天。

(6) 連衣裙和呢子外套　冬天　女學生　穿。

(7) 穿　夏天　男學生　短袖襯衫和短褲。

8 Give the meanings of the following phrases.

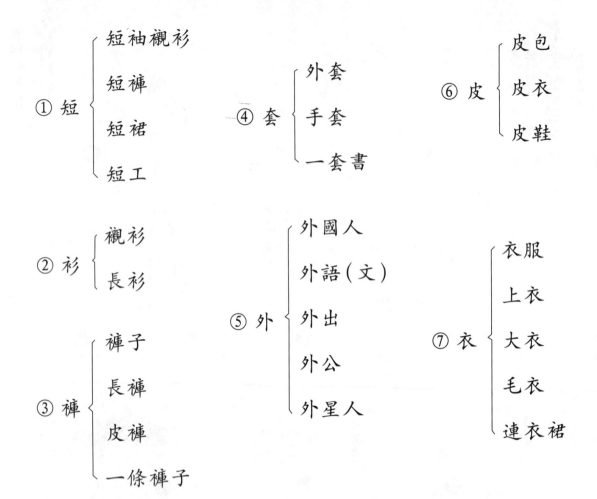

① 短 短袖襯衫
短褲
短裙
短工

④ 套 外套
手套
一套書

⑥ 皮 皮包
皮衣
皮鞋

② 衫 襯衫
長衫

⑤ 外 外國人
外語(文)
外出
外公
外星人

⑦ 衣 衣服
上衣
大衣
毛衣
連衣裙

③ 褲 褲子
長褲
皮褲
一條褲子

9 Match the question with the answer.

(1) 你的家庭醫生姓什麼？

(2) 你的牙醫叫什麼名字？

(3) 你到過世界上很多地方嗎？

(4) 你爸爸在哪兒工作？

(5) 你會說西班牙語嗎？

(6) 今天星期四還是星期五？

(7) 你們家誰最高？

(8) 你喜歡不喜歡穿校服？

(a) 在銀行工作。

(b) 我到過很多地方。

(c) 她姓吳。

(d) 他叫史雲。

(e) 我不會說。

(f) 我哥哥。

(g) 不喜歡。

(h) 今天星期五。

10

10 Colour the clothes according to the instructions.

1 藍條子襯衫

2 棕色的長褲

3 紅格子襯衫

4 黃格子裙子

5 黑白條子長裙

6 藍色的短褲

7 紅呢子外套

8 綠色的毛衣

11 Design summer and winter uniforms for your school and then describe them in Chinese.

1 夏天的校服	2 冬天的校服
夏天男生穿＿＿＿＿＿＿	冬天男生穿＿＿＿＿＿＿
＿＿＿＿＿＿＿＿＿＿	＿＿＿＿＿＿＿＿＿＿
＿＿＿＿＿＿＿＿＿＿	＿＿＿＿＿＿＿＿＿＿
女生穿＿＿＿＿＿＿＿	女生穿＿＿＿＿＿＿＿
＿＿＿＿＿＿＿＿＿＿	＿＿＿＿＿＿＿＿＿＿
＿＿＿＿＿＿＿＿＿＿	＿＿＿＿＿＿＿＿＿＿

(1) 長袖襯衫　襪子　短袖襯衫

(2) 上衣　　短褲　　長褲

(3) 襪子　　皮鞋　　連衣裙

(4) 大衣　　外套　　皮鞋

(5) 出租車　校車　　校服

(6) 飯店　　先生　　律師行

(7) 春天　　夏天　　手錶

13 Translation.

(1) 他們的校服很好看。

(2) 他每天穿校服上學。

(3) 香港的學生都穿校服上學。

(4) 她不太喜歡穿裙子。

(5) 哥哥的襯衫全都是格子的。

(6) 媽媽穿短裙不好看。

14 Colour the clothes according to the descriptions.

❶ 她穿綠色的襯衫、棕色的毛衣和黑條子裙子，腳上穿黑色的皮鞋。

❷ 他穿白色的長袖襯衫、藍色的外套和藍色的長褲。他腳上穿黑皮鞋。

❸ 他穿藍、白格子襯衫、灰色的外套和黑色的長褲。他腳上穿黑襪子和黑皮鞋。

❹ 她穿紫色的連衣裙。她腳上穿紫色的皮鞋。

閱讀（二）　中國畫

1　What kind of paintings are these? Write the names in Chinese.

(1)＿＿＿＿＿＿　(2)＿＿＿＿＿＿　(3)＿＿＿＿＿＿

2　Give the meanings of the following phrases.

```
     ┌ 人物
     │ 動物
     │ 生物        ┌ 花生
① 物 ┤ 寶物   ② 花 ┤ 花車
     │ 物理        └ 花店
     │ 物理學
     └ 物理學家
```

3　Answer the following questions.

(1) 你喜歡中國畫嗎？

(2) 中國畫主要有幾種？

(3) 你畫過中國畫嗎？

(4) 你用過毛筆嗎？

(5) 你家有文房四寶嗎？

第三課　他穿西裝上班

1　Find the odd one out.

(1) 襯衫　汗衫　長褲　毛衣

(2) 上衣　大衣　外套　牛仔褲

(3) 圍巾　汗衫　手套　帽子

(4) 套裝　領帶　校服　西裝

(5) 毛衣　毛筆　大衣　外套

(6) 短褲　長褲　西裝　牛仔褲

(7) 運動鞋　套裝　運動服　上衣

(8) 周末　今年　應該　明天

2　Group the characters according to their radicals.

(1) 衤（clothing）_____

(2) 穴（cave）_____

(3) 頁（page）_____

(4) 巾（napkin）_____

(5) 广（shelter）_____

(6) 革（leather）_____

(7) 囗（enclosure）_____

(8) 大（big）_____

| 裙 | 褲 | 顏 | 帽 | 圍 | 店 | 領 |
| 鞋 | 套 | 帶 | 應 | 穿 | | |

3　Translation.

Example　grey shirt

⟶ 灰色的襯衫

(1) white T-shirt

(2) long red skirt

(3) black hat

(4) brown scarf

(5) checked shirt

(6) long-sleeved shirt

(7) yellow dress

(8) black suit

(9) white jeans

(10) purple gloves

4 Find as many clothes as possible. Write them out.

短袖 長袖 長 外 短 西 連衣 運動 牛仔 汗 校

襯衫 褲 套裝 服 裙衫

(1) ___長褲___

(2) _____

(3) _____

(4) _____

(5) _____

(6) _____

(7) _____

(8) _____

(9) _____

(10) _____

5 Match the Chinese with the English.

(1) 服裝   (a) helmet

(2) 毛巾   (b) leather belt

(3) 安全帽   (c) clothes

(4) 服裝店   (d) towel

(5) 皮帶   (e) shoelace

(6) 手巾   (f) milk

(7) 牛奶   (g) games

(8) 鞋帶   (h) hand towel

(9) 錶帶   (i) sportsman

(10) 運動會   (j) clothes shop

(11) 運動員   (k) watch strap

6 Translation.

(1) 爸爸明天要去英國。

(2) Mum will go to Japan next week.

(3) 妹妹想學西班牙語。

(4) My elder sister wants to be a lawyer.

(5) 小明長大以後要去加拿大上大學。

(6) Xiao Fang will go to university in America.

(7) 他每天要穿校服上學。

(8) He needs to take the school bus to school everyday.

7 Match the descriptions with the people.

1 他上八年級。他穿中山裝和長褲。

2 她個子不高，頭髮不長。她穿汗衫和長褲。

3 他是老師。他穿西裝。他還戴領帶和帽子。

5 她是商人。她穿條子襯衫和套裝。

4 他是工程師。他穿毛衣和長褲。

6 他是大學生。他個子很高。他穿長袖襯衫和牛仔褲。

8 Separate the following items.

穿	戴
襯衫	圍巾

(a) 襯衫   (b) 圍巾   (c) 毛衣   (d) 大衣

(e) 牛仔褲   (f) 皮鞋   (g) 襪子   (h) 運動鞋

(i) 運動服   (j) 上衣   (k) 西裝   (l) 套裝

(m) 帽子   (n) 手套   (o) 領帶   (p) 手錶

(q) 校服   (r) 裙子   (s) 連衣裙

9 Fill in the blanks with the words in the box.

| 穿 | 戴 | 帶 |

(1) 今天星期日。我爸爸 ＿穿＿ 襯衫、牛仔褲和運動鞋。

(2) 王先生每天上班都 ＿＿＿＿ 西裝，＿＿＿＿ 領帶。

(3) 小明今天 ＿＿＿＿ 手套和帽子。

(4) 李小姐冬天要去馬來西亞，她應該 ＿＿＿＿ 什麼衣服去？

(5) 他爸爸喜歡 ＿＿＿＿ 西裝，但是我爸爸不喜歡 ＿＿＿＿ 西裝。

(6) 小王夏天要去英國，他應該 ＿＿＿＿ 襯衫、外套和長褲。

(7) 我妹妹最不喜歡 ＿＿＿＿ 短裙。

(8) 北京人冬天要 ＿＿＿＿ 帽子、圍巾和手套。

(9) 小雲夏天喜歡 ＿＿＿＿ 汗衫和短褲。

(10) 很多學生不喜歡 ＿＿＿＿ 校服。

10 Fill in the form referring to yourself.

姓名：＿＿＿＿＿＿＿＿

出生年月日：＿＿＿＿＿＿＿＿

出生地：＿＿＿＿＿＿

哪國人：＿＿＿＿＿＿

語言：＿＿＿＿＿

喜歡的顏色：＿＿＿＿＿

喜歡穿的衣服：＿＿＿＿＿＿

11 Answer the questions.

(1) "Shirt" 漢語叫什麼？

(2) "Suit" 漢語叫什麼？

(3) "牛仔褲" 英文叫什麼？

(4) "汗衫" 英文怎麼說？

(5) "圍巾" 英文怎麼說？

(6) "Hat" 漢語怎麼說？

(7) "Gloves" 漢語怎麼說？

12 Find out the phrases. Write them out.

牛	冬	運	動	服	帽
戴	仔	長	西	裝	子
手	套	褲	連	黃	顏
圍	裝	毛	衣	領	色
巾	鞋	短	裙	帶	裙
汗	衫	周	末	應	該

(1) _____   (7) _____

(2) _____   (8) _____

(3) _____   (9) _____

(4) _____   (10) _____

(5) _____   (11) _____

(6) _____   (12) _____

13 Read the texts. Find out who they are.

① 她穿襯衫、毛衣和條子裙子，腳上穿黑皮鞋。

她是誰？

② 他穿格子襯衫、外套和長褲。他的頭髮很短。

他是誰？

齊春紅　周運明　毛京生　高雲

她是誰？

③ 他的頭髮不短。他穿襯衫、西褲和皮鞋。

他是誰？

④ 她的頭髮不短。她穿連衣裙和白皮鞋。

18

14 Reading comprehension.

① 王英是法國人,但是她爸爸是中國人。她是醫生。她喜歡穿長褲,她不喜歡穿裙子,她最不喜歡穿連衣裙。

② 李夏是香港人,但是她在上海出生。她會說英語、廣東話和普通話。她是律師。她喜歡穿連衣裙,她不喜歡穿褲子。

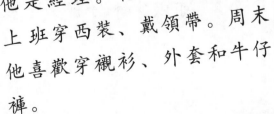

③ 謝連生是南京人。他在一家酒店工作。他是經理。他上班穿西裝、戴領帶。周末他喜歡穿襯衫、外套和牛仔褲。

④ 周紅是中國人,但是她在英國出生。她是大學生,今年上大學二年級。她最不喜歡穿套裝,她喜歡穿襯衫和裙子。

Answer the questions.

(1) 王英是中國人嗎?

(2) 王英做什麼工作?

(3) 她不喜歡穿什麼衣服?

(4) 李夏會說什麼語言和方言?

(5) 她喜歡不喜歡穿褲子?

(6) 謝連生穿什麼衣服上班?

(7) 他周末喜歡穿什麼衣服?

(8) 周紅工作嗎?

(9) 她出生在哪兒?

(10) 她喜歡穿什麼衣服?

(1) 你冬天去加拿大。你應該帶什麼衣服去？

(2) 你夏天去上海。你應該帶什麼衣服去？

(3) 你春天去東京。你應該帶什麼衣服去？

17 Reading comprehension.

世界上喜歡穿牛仔褲的人很多，男、女、老、少都喜歡穿。在美國，很多學生不喜歡穿校服，喜歡穿牛仔褲上學。工作人員也喜歡穿牛仔褲上班。有的大學老師也穿牛仔褲去學校。

True or false?

( )(1) 老年人不喜歡穿牛仔褲。

( )(2) 中年人喜歡穿牛仔褲。

( )(3) 在美國，很多學生穿牛仔褲上學。

( )(4) 在美國，大學老師不可以穿牛仔褲去學校。

閱讀（三） 齊白石

1 Translation.

(1) a famous painter

(2) He was born in 1864.

(3) He died in 1957.

(4) the shrimps that he drew

(5) most well-known

(6) true to life

2 Give the meanings of the following phrases.

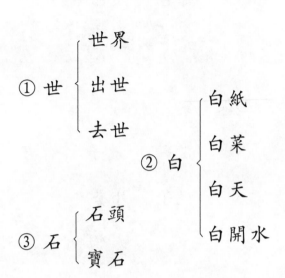

① 世 ⎰ 世界
    ⎱ 出世
    ⎱ 去世

② 白 ⎰ 白紙
    ⎱ 白菜
    ⎱ 白天
    ⎱ 白開水

③ 石 ⎰ 石頭
    ⎱ 寶石

3 Translation.

(1) 他畫的蝦

(2) 我畫的馬

(3) 媽媽寫的字

(4) 爸爸用的筆

(5) 弟弟畫的生日卡

(6) 我們去過的國家

(7) 她喜歡的衣服

(8) 我朋友看的書

(9) 她戴的帽子

4 Translation.

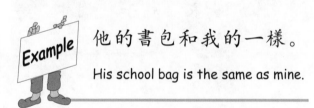

Example 他的書包和我的一樣。

His school bag is the same as mine.

(1) 他畫的鳥像真的一樣。

(2) 王經理的西裝和我爸爸的一樣。

(3) 我的圍巾和姐姐的一樣。

(4) 黃明的帽子和張文的一樣。

(5) 他的運動鞋和我的不一樣。

生詞

第一課　黃色　一共　還　藍色　白色　紅色　綠色　紫色　黑色
棕色　顏色

文房四寶　墨　紙　硯　它們　毛筆字　中國畫

第二課　穿　校服　格子　短袖襯衫　長袖襯衫　裙子　短裙　腳
皮鞋　襪子　條子　褲子　長褲　短褲　毛衣　連衣裙
呢子　外套

主要　人物畫　山水畫　花鳥畫

第三課　西裝　套裝　戴　領帶　小姐　周末　牛仔褲　運動鞋
大衣　帽子　圍巾　手套　汗衫　應該　件　衣服

齊白石　有名　畫家　去世　蝦　像真的一樣

總複習

1. Colours and clothes

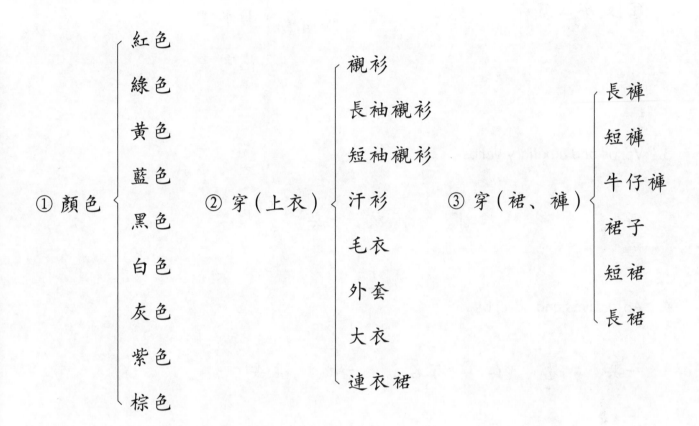

① 顏色 { 紅色 綠色 黃色 藍色 黑色 白色 灰色 紫色 棕色

② 穿（上衣）{ 襯衫 長袖襯衫 短袖襯衫 汗衫 毛衣 外套 大衣 連衣裙

③ 穿（裙、褲）{ 長褲 短褲 牛仔褲 裙子 短裙 長裙

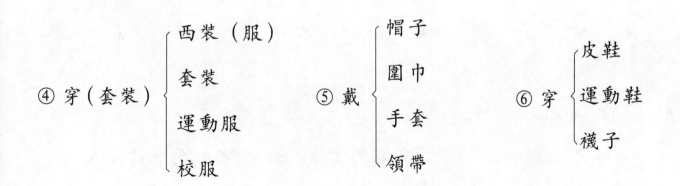

④ 穿（套裝）{ 西裝（服） 套裝 運動服 校服

⑤ 戴 { 帽子 圍巾 手套 領帶

⑥ 穿 { 皮鞋 運動鞋 襪子

2. Other words

① 文房四寶 ⎰ 筆 墨 紙 硯

② 國畫 ⎰ 人物畫 山水畫 花鳥畫

3. Verbs and auxiliary verbs

穿　戴　帶　像　應該　要

4. Adjectives and adverbs

一共　還　真　有名　一樣　主要

5. Radicals

頁　穴　矢　礻　革　巾　虫　牛　戶　石　大

6. "的" phrases

① ⎰ 爸爸的襯衫　媽媽的裙子　老師的圍巾　同學的校服

② ⎰ 有名的畫家　古老的語言　好看的衣服　一樣的毛衣

③ ⎰ 穿黃毛衣的女人　穿黑長褲的男人　戴藍帽子的小孩兒　會畫國畫的朋友

7. Study the following words and how they are used

① 畫 ⎰ 畫畫兒
　　⎱ 山水畫

② 長 ⎰ 長大了
　　⎱ 長褲

8. Questions and answers

(1) 你喜歡什麼顏色？　我喜歡紅色。

(2) 你喜歡穿什麼衣服？　我喜歡穿汗衫和牛仔褲。

(3) 你爸爸上班穿什麼衣服？　他穿西裝、襯衫，戴領帶上班。

(4) 你媽媽喜歡穿什麼衣服？　她喜歡穿連衣裙和套裝。

(5) 你穿校服上學嗎？　穿。

(6) 你穿什麼校服？　我冬天穿藍、白條子連衣裙、毛衣和外套；夏天穿藍、白條子連衣裙。

(7) "文房四寶"是什麼？　筆、墨、紙、硯。

(8) 中國畫主要有幾種？　三種：人物畫、山水畫和花鳥畫。

(9) 齊白石是誰？　他是一個有名的國畫畫家。

(10) 齊白石畫什麼最有名？　他畫的蝦最有名。

(11) 你冬天去北京應該帶什麼衣服？　應該帶大衣、毛衣、圍巾等。

測驗

1 Write the radicals in Chinese.

(a) leather

(b) clothing

(c) cave

(d) arrow

(e) page

(f) cow

(g) household

(h) napkin

(i) insect

(j) stone

2 Translation.

(1) 李山的爸爸是醫生。

(2) 張文的媽媽是牙醫。

(3) 爸爸每天穿西服上班。

(4) 媽媽穿套裝上班。

(5) 哥哥在美國上學。

(6) 他們上學不穿校服。

(7) 我今年十三歲。

(8) 她今年上九年級。

3 Translation.

(1) 我的襯衫

(2) 姐姐的連衣裙

(3) 他畫的花

(4) 爸爸穿的西裝

(5) 好看的衣服

(6) 一樣的鞋

4 Find the odd one out.

(1) 墨　　紙　　硯　　鳥

(2) 襯衫　毛衣　皮鞋　外套

(3) 圍巾　手套　毛巾　帽子

(4) 領帶　西裝　校服　運動服

(5) 紅　　筆　　藍　　紫

(6) 周末　今年　明天　一樣

5 Translation.

(1) I like the red colour most.

(2) My father does not like wearing suits.

(3) My mother likes Chinese paintings.

(4) We should all wear school uniform.

(5) The birds that he drew are very vivid.

(6) The hat that she is wearing's very nice.

(7) What are you doing this weekend?

(8) You should not wear white socks.

6 Fill in the blanks with the words in the box.

穿　　戴　　帶

(1) 爸爸不喜歡＿＿＿西裝，
也不喜歡＿＿＿領帶。

(2) 我媽媽周末喜歡＿＿＿汗衫、
短褲，她不喜歡＿＿＿裙子。

(3) 北京人在冬天＿＿＿大衣，
＿＿＿帽子、手套和圍巾。

(4) 這個小孩沒有＿＿＿鞋，
也沒有＿＿＿襪子。

(5) 夏天去北京不用＿＿＿毛衣
和外套。

(6) 我今天沒有＿＿＿漢語書。

7 Answer the following questions.

(1) 你最喜歡什麼顏色？

(2) 你穿校服上學嗎？

(3) 你冬天穿什麼衣服上學？

(4) 你夏天穿什麼衣服上學？

(5) 你最喜歡穿什麼衣服？

(6) 你有文房四寶嗎？

(7) 你畫過中國畫嗎？

(8) 你寫過毛筆字嗎？

(9) 你會用筷子嗎？

(10) 你喜歡吃中國菜嗎？

8   Write out the names of the following items of clothing in Chinese.

1 _____

5 _____

10 _____

14 _____

2 _____

6 _____

11 _____

15 _____

3 _____

7 _____

12 _____

8 _____

16 _____

4 _____

9 _____

13 _____

17 _____

9 Reading comprehension.

❶ 我爺爺今年八十八歲,是一個有名的畫家。他畫的中國畫很有名。他畫的人物、動物都像真的一樣。他從早到晚在家裏畫畫兒。

Find out the Chinese from the passage.

(1) a famous painter

(2) the people, animals that he drew

(3) true to life

(4) He paints from morning till night at home.

❷ 吳先生、吳太太都是中國人。吳先生是大學老師,吳太太是秘書。他們有兩個兒子。他們的大兒子今年十九歲,在加拿大上大學。他每年夏天都回上海,看他爸爸、媽媽和弟弟。小兒子今年十五歲,在上海上中學。他每天穿校服上學。他們的校服是白襯衫和藍褲子。

True or false?

( )(1) 吳先生、吳太太都不工作。

( )(2) 吳先生、吳太太有兩個兒子。

( )(3) 他們的大兒子在美國上大學。

( )(4) 他們的小兒子在加拿大上中學。

( )(5) 他們的小兒子不穿校服上學。

10 Describe their clothes in Chinese.

第二單元　天氣、假期

第四課　今天是晴天

1 Match the pictures with the weather conditions in the box.

(a) 颱風　　　(b) 颱颱風　　　(c) 下雪　　　(d) 陰天

(e) 晴天　　　(f) 大風雪　　　(g) 下毛毛雨

2 Match the words in column A with the ones in column B.

Ⓐ

(1) 颱
(2) 晴
(3) 下
(4) 颱
(5) 氣
(6) 天
(7) 多

Ⓑ

(a) 天
(b) 雪
(c) 風
(d) 雨
(e) 雲
(f) 氣
(g) 溫

3 Write the pinyin and then give the meanings of the following phrases.

(1) 大風雪 ＿＿＿＿＿ ＿＿＿＿

(2) 晴轉多雲 ＿＿＿＿ ＿＿＿

(3) 颱颱風 ＿＿＿＿＿＿ ＿＿＿

(4) 可能會 ＿＿＿＿＿ ＿＿＿

(5) 多雲轉陰 ＿＿＿＿ ＿＿＿

(6) 下毛毛雨 ＿＿＿＿ ＿＿＿

(7) 氣溫 ＿＿＿＿＿＿ ＿＿＿

4 Give the meanings of the following radicals. Group the characters according to their radicals.

(1) 刂 ＿knife＿ ＿刻＿

(2) 氵 ＿＿＿ ＿＿＿

(3) 阝 ＿＿＿ ＿＿＿

(4) 車 ＿＿＿ ＿＿＿

(5) 日 ＿＿＿ ＿＿＿

(6) 雨 ＿＿＿ ＿＿＿

(7) 礻 ＿＿＿ ＿＿＿

(8) 革 ＿＿＿ ＿＿＿

(9) 頁 ＿＿＿ ＿＿＿

(10) 穴 ＿＿＿ ＿＿＿

(11) 巾 ＿＿＿ ＿＿＿

(12) 艹 ＿＿＿ ＿＿＿

(13) 糸 ＿＿＿ ＿＿＿

(14) 木 ＿＿＿ ＿＿＿

(a) 穿	(b) 英	(c) 明
(d) 袖	(e) 帽	(f) 零
(g) 刻	(h) 陰	(i) 雪
(j) 領	(k) 轉	(l) 溫
(m) 晴	(n) 襯	(o) 院
(p) 鞋	(q) 藍	(r) 顏
(s) 綠	(t) 襪	(u) 機
(v) 棕	(w) 級	(x) 港

5 Find the phrases. Write them out.

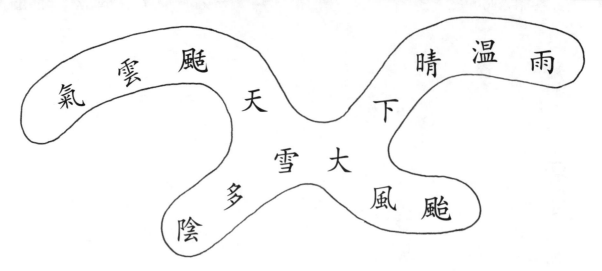

(1) _____ (2) _____ (3) _____ (4) _____

(5) _____ (6) _____ (7) _____ (8) _____

6 Match the descriptions with the pictures.

❶ 今天下大雪，氣溫在零下十五度左右。

❷ 今天多雲，氣溫在二十度左右，颳東南風。

❸ 今天上午下小雨，下午轉多雲。

❹ 今天天晴，颳東南風。

❺ 今天颳颱風，下大雨。

32

7 Find the phrases. Write them out.

陰	很	白	今	晴
天	多	雲	年	天
氣	少	颱	衣	級
溫	度	風	長	短
水	牛	仔	褲	袖

(1) _____ (5) _____ (9) _____

(2) _____ (6) _____ (10) _____

(3) _____ (7) _____ (11) _____

(4) _____ (8) _____ (12) _____

8 Give the meanings of the following phrases.

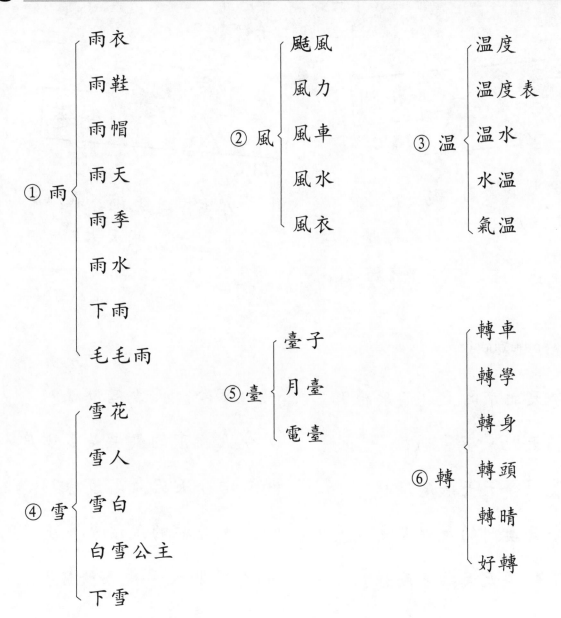

① 雨：雨衣 雨鞋 雨帽 雨天 雨季 雨水 下雨 毛毛雨

② 風：颱風 風力 風車 風水 風衣

③ 溫：溫度 溫度表 溫水 水溫 氣溫

④ 雪：雪花 雪人 雪白 白雪公主 下雪

⑤ 臺：臺子 月臺 電臺

⑥ 轉：轉車 轉學 轉身 轉頭 轉晴 好轉

Answer the questions.

(1) 今天北京的天氣怎麼樣？

(2) 明天北京下雪嗎？

(3) 澳門今天天氣怎麼樣？

(4) 今天澳門的氣溫是多少度？

(5) 澳門明天天氣怎麼樣？

(6) 南京今天天氣怎麼樣？

(7) 今天南京的氣溫是多少度？

(8) 香港今天天氣怎麼樣？

(9) 今天香港的氣溫是多少度？

(10) 香港明天天氣怎麼樣？

10 Make up weather reports according to the information given.

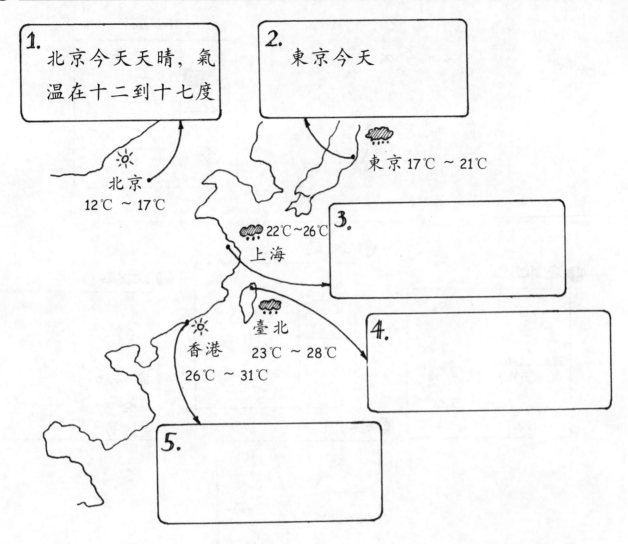

1. 北京今天天晴，氣溫在十二到十七度

2. 東京今天

東京 17℃ ~ 21℃

3.

22℃ ~ 26℃
上海

臺北
23℃ ~ 28℃

4.

香港
26℃ ~ 31℃

5.

北京
12℃ ~ 17℃

11 Translation.

(1) 下雨了！

(2) 颱風了！

(3) 没人了！

(4) 我的鞋小了！

(5) 火車來了！

(6) 弟弟長高了！

(7) 天晴了！

12 Circle the right word.

(1) 爸爸的西裝是黑／墨色的。

(2) 他不喜歡穿襪／被子。

(3) 北京今天有手手／毛毛雨。

(4) 今天天氣／汽很好。

(5) 她應該／孩戴帽子。

(6) 上海今天陽／陰天，明天轉晴。

13 Write out weather reports based on the information given.

Example: 北京今天天晴，颳大風，氣溫在十五到十八度。明天轉多雲，氣溫在十三度左右。

北京
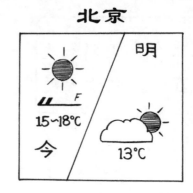

❶ 臺北
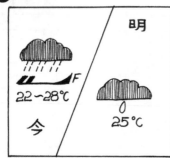

❷ 大連
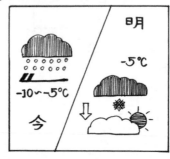

❸ 上海
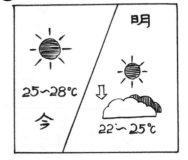

❹ 澳門
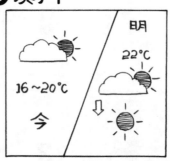

14 Translation.

(1) 今天可能有雨，你出去應該帶雨衣。

(2) 今天可能會下雪，你出門應該穿外套。

(3) 明天天氣可能會轉晴。

(4) 今天天氣比昨天好。

(5) 今天的雪比昨天的更大了！

(6) 今年夏天陰天多，晴天少。

閱讀（四） 北京

1 | Translation.

(1) the capital of China (2) over three thousand years of history

(3) a lot of tourist attractions (4) for instance

2 | Translation.

(1) 東京是日本的首都。

(2) 中國有五千多年的歷史。

(3) 我去過很多國家，比如英國、法國、澳大利亞、美國等。

(4) 你看見過長城嗎？

(5) 我沒有去過故宮。

(6) 我到過天安門。

(7) 法國有很多名勝。

3 | Give the meanings of the following phrases.

① 長 ┌ 長城
     │ 長期
     │ 長衫
     │ 長褲
     └ 長袖襯衫

② 城 ┌ 城門
     │ 城裏
     └ 城外

③ 首 ┌ 首先
     │ 首長
     └ 首都

第五課　北京的秋天天氣最好

1　Match the Chinese with the English.

(1) 溫暖   (a) air-conditioner

(2) 發大水   (b) warm

(3) 雷雨   (c) sandals

(4) 暖氣   (d) cold dish

(5) 冷氣機   (e) rainwater

(6) 涼鞋   (f) thunder storm

(7) 涼菜   (g) warm-hearted

(8) 暖色   (h) flooding

(9) 雨水   (i) central heating

(10) 熱心   (j) warm colours

2　Match the descriptions with the pictures.

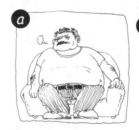

① 她應該多穿點兒衣服，還要戴帽子、圍巾。

② 他應該多運動，少吃點兒飯。

③ 他應該多看書，多寫字。

④ 他應該多吃點兒飯。

3　Circle the right word.

(1) 今天陽／陰天。

(2) 北京的名／多勝很多。

(3) 夫／天安門在北京。

(4) 北京冬天常常颱／話西北風。

(5) 今天很京／涼快。

(6) 昨天晚上又打雷／雪又下雨。

(7) 今天很冷／今，氣溫在零下十度左右。

(8) 東／車京今天很熱。

38

4 Describe the weather conditions with the help of the words in the box.

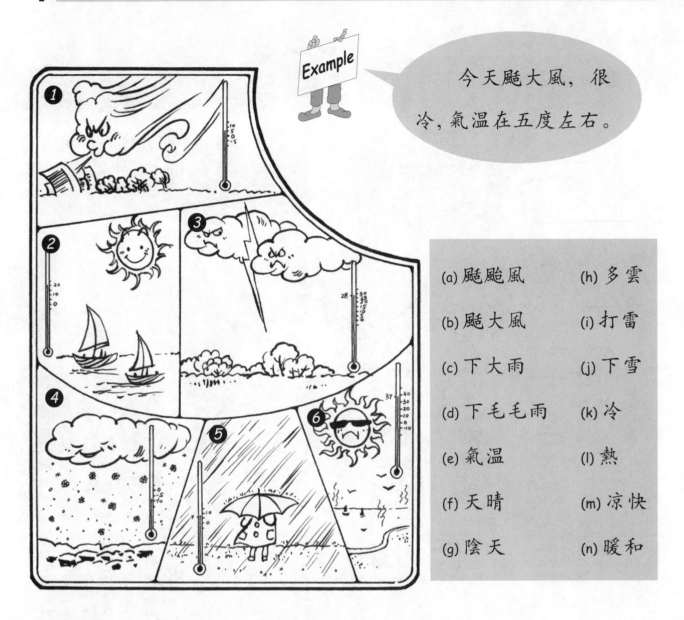

Example

今天颳大風，很
冷，氣温在五度左右。

(a) 颱颱風   (h) 多雲

(b) 颳大風   (i) 打雷

(c) 下大雨   (j) 下雪

(d) 下毛毛雨 (k) 冷

(e) 氣温   (l) 熱

(f) 天晴   (m) 凉快

(g) 陰天   (n) 暖和

5 Fill in the blanks with the words in the box.

| 毛筆字 | 國畫 | 好吃 | 英語 | 北京 | 西安 | 好看 | 德語 |

(1) 她又會説＿＿＿＿，又會説＿＿＿＿。

(2) 姐姐又會畫＿＿＿＿，又會寫＿＿＿＿。

(3) 媽媽做的菜又＿＿＿＿又＿＿＿＿。

(4) 明年夏天我們又想去＿＿＿＿，又想去＿＿＿＿。

39

① 北京：

今天天晴，氣溫
在一到九度。周
末轉陰，氣溫在
三到五度。

② 東京：

今天陰天，氣溫在四到九
度。下個星期轉暖，氣溫
在十五度左右。

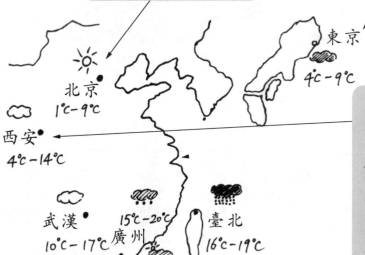

北京
1°c~9°c

東京
4°c~9°c

西安
4°c~14°c

武漢
10°c~17°c

廣州
15°c~20°c

臺北
16°c~19°c

香港
16°c~19°c

③ 西安：

今天多雲，氣溫在四到
十四度，可能會下毛毛
雨。下個星期轉晴。

④ 臺北：

今天下雨，颳東南風。氣溫
在十六到十九度。下個星期
轉多雲，有時候有雨。

⑤ 香港：

今天多雲，下午轉晴，氣
溫在十六到十九度。下
個星期轉陰。

True or false?

( )(1) 北京今天天晴。

( )(2) 東京今天陰天。

( )(3) 西安下個星期轉晴。

( )(4) 臺北今天颳西北風。

( )(5) 香港今天有雨。

7 Translation.

(1) 他小時候不喜歡吃飯。

(2) 她說話有時候快，有時候慢。

(3) 爸爸下班有時候早，有時候晚。

(4) 張經理常常去中國。

(5) 弟弟早上經常不吃早飯。

(6) 北京冬天不常下雪。

(7) 上課的時候他經常說話。

(8) 今天很冷，你要穿大衣。

(9) 今天不會下雨，你不用帶雨衣。

(10) 明天可能會下雪。

8 Find the opposites.

(1) 晴天 →

(2) 暖和 →

(3) 多 →

(4) 快 →

(5) 早 →

(6) 長 →

(7) 冷 →

(8) 不同 →

(a) 一樣　(d) 少　(g) 晚

(b) 涼快　(e) 慢　(h) 短

(c) 陰天　(f) 熱

9 Translation.

(1) 你在北京應該多說漢語。

(2) 你要穿大衣去上學，今天可能會下雪。

(3) 你要多穿點兒衣服，今天很冷。

(4) 今天暖和，你不用穿大衣。

(5) 你最好坐飛機去上海。

(6) 你要多吃點兒東西。

(7) 今天颳八號颱風，我們不用上學。

10   Translation.

(1) 天氣好的時候，我常常騎自行車上學。

(2) When the weather is fine, I often go horse riding.

(3) 吃飯的時候不應該看電視。

(4) You should not read while eating.

(5) 上小學的時候，我不喜歡說話。

(6) He did not like drawing while he was in primary school.

(7) 昨天晚上吃晚飯的時候，我的朋友來了。

(8) While he was in Beijing last year, he picked up some Chinese.

11   Translation.

(1) 今天比昨天冷。

(2) 她的裙子比我的好看。

(3) 他的衣服比弟弟的多。

(4) 今年冬天比去年冬天暖和。

(5) 加拿大的冬天比北京的長。

(6) 夏天上海比西安熱。

(7) 這條褲子比那條短。

(8) 弟弟比哥哥高。

12   Translation.

❶

It is cloudy this morning, and there will be light rain in the afternoon. The temperature today is 25℃ to 32℃.

❷

It is sunny today. The temperature is -10℃ ～ -5℃. There is likely to be a snow storm this weekend.

13 Answer the following questions.

(1) 你今年多大了？

(2) 你在哪兒上學？

(3) 你爸爸做什麼工作？

(4) 你爸爸在哪兒工作？

(5) 你爸爸每天怎麼上班？

(6) 今天是幾月幾號？星期幾？

(7) 今天天氣怎麼樣？氣溫是多少度？

(8) 你去過美國嗎？

(9) 你會說幾種語言？

(10) 你穿校服上學嗎？

(11) 你最喜歡什麼顏色？

(12) 你今天穿什麼衣服？

(13) 你的漢語老師今天穿什麼衣服？

(14) 你周末喜歡穿什麼衣服？

14 Read the descriptions below. Describe the four seasons in your country.

❶ 西安的春天有時候颱風，有時候下雨，氣溫在十到二十度。

❸ 西安的秋天天氣最好，氣溫在十五度左右，不冷也不熱。

❷ 西安七、八月最熱，最高溫度在三十二度左右，有時候下雨。

❹ 西安的冬天很冷，氣溫在零下十度左右，有時候下雪，颳西北風。

閱讀（五）　熊貓

1　Match the pictures with the words in the box.

(a) 蝦　(b) 鳥　(c) 蟲　(d) 大象　(e) 熊貓　(f) 貓　(g) 熊　(h) 馬　(i) 牛

2　Give the meanings of the following phrases.

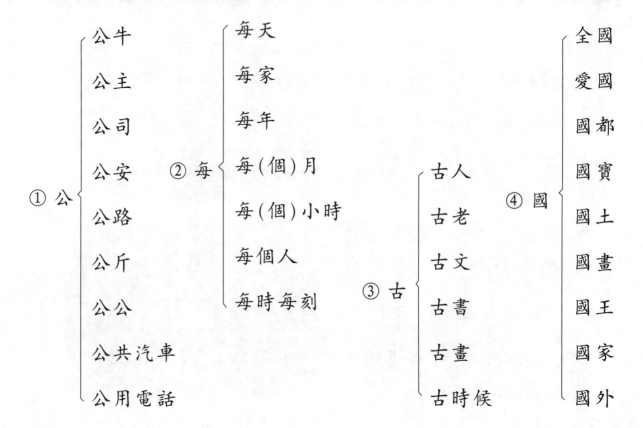

① 公
公牛
公主
公司
公安
公路
公斤
公公
公共汽車
公用電話

② 每
每天
每家
每年
每（個）月
每（個）小時
每個人
每時每刻

③ 古
古人
古老
古文
古書
古畫
古時候

④ 國
全國
愛國
國都
國寶
國土
國畫
國王
國家
國外

第六課　暑假最長

1 Write the pinyin and the meanings of the following phrases.

(1) 假期 ＿＿＿＿＿ ＿＿＿＿＿

(2) 度假 ＿＿＿＿＿ ＿＿＿＿＿

(3) 海邊 ＿＿＿＿＿ ＿＿＿＿＿

(4) 游泳 ＿＿＿＿＿ ＿＿＿＿＿

(5) 曬太陽 ＿＿＿＿＿ ＿＿＿＿＿

(6) 開始 ＿＿＿＿＿ ＿＿＿＿＿

(7) 那兒 ＿＿＿＿＿ ＿＿＿＿＿

(8) 學期 ＿＿＿＿＿ ＿＿＿＿＿

(9) 國外 ＿＿＿＿＿ ＿＿＿＿＿

(10) 涼快 ＿＿＿＿＿ ＿＿＿＿＿

(11) 暖和 ＿＿＿＿＿ ＿＿＿＿＿

(12) 第一 ＿＿＿＿＿ ＿＿＿＿＿

2 Answer the questions in Chinese according to the English given.

(1) 你們什麼時候放假？ (next Monday) ＿＿下星期一。＿＿＿＿＿

(2) 媽媽，我們什麼時候吃晚飯？ (7:30) ＿＿＿＿＿＿

(3) 老師，我們什麼時候開始學普通話？ (next term) ＿＿＿＿＿＿

(4) 馬老師，我們什麼時候開始學中國歷史？ (Year 9) ＿＿＿＿＿＿

(5) 爸爸，我什麼時候開始上學？ (this September) ＿＿＿＿＿＿

(6) 火車幾點開？ (3:30pm) ＿＿＿＿＿＿

(7) 爸爸，你幾點去上班？ (8:15 am) ＿＿＿＿＿＿

(8) 媽媽，你幾點下班回家？ (5:30pm) ＿＿＿＿＿＿

(9) 王老師，我們幾號去西安？ (29th October) ＿＿＿＿＿＿

(10) 你想哪天去故宮？ (tomorrow) ＿＿＿＿＿＿

3 Translation.

北京的天氣

　　北京的春天常常颳大風，很少下雨。夏天很熱，經常是晴天，不常下雨。北京的秋天是一年中最好的季節，不冷也不熱。冬天很冷，不常下雪，常颳西北風。

_____
_____
_____
_____
_____
_____
_____
_____

4 Match the Chinese with the English.

(1) 暑期班　　(a) holidays

(2) 節假日　　(b) summer school

(3) 游泳褲　　(c) words in common use

(4) 常用字　　(d) swimming suit

(5) 地雷　　　(e) Southeast Asia

(6) 第一名　　(f) cruise

(7) 東南亞　　(g) swimming trunk

(8) 游船　　　(h) landmine

(9) 游泳衣　　(i) No.1

5 Find the partners.

(1) 氣 _____　　(6) 凉 _____

(2) 可 _____　　(7) 暑 _____

(3) 颱 _____　　(8) 假 _____

(4) 暖 _____　　(9) 開 _____

(5) 打 _____　　(10) 多 _____

温	雷	快	雲
能	始	和	風
期	假		

6 Fill in the blanks with the words in the box.

經常／常常	每天	每年	每個月	……的時候
有時候	去年	明年	昨天	什麼時候

(1) 我 _____ (last year)暑假去上海了。

(2) 小山 _____ (every day)坐校車上學。

(3) 小文 _____ (yesterday)沒有去上學。

(4) 他爸爸是商人。他 _____ (often)出國。

(5) 你們 _____ (when)開始放暑假？

(6) 小明的一家 _____ (next year)去美國度假。

(7) 西安冬天 _____ (sometimes)下雪。

(8) 爸爸 _____ (every month)都去上海。

(9) 王太太 _____ (often)去海邊曬太陽。

(10) 我媽媽很喜歡歐洲。她 _____ (every year)都去歐洲度假。

(11) 吃飯 _____ (while)不要說話。

7 Find the opposites.

(1) 大 →　　　(6) 東 →　　　(11) 早 →

(2) 長 →　　　(7) 北 →　　　(12) 慢 →

(3) 左 →　　　(8) 上 →　　　(13) 不同 →

(4) 熱 →　　　(9) 好看 →　　　(14) 少 →

(5) 涼快 →　　　(10) 經常 →　　　(15) 陰天 →

(a) 一樣	(b) 小	(c) 右	(d) 短
(e) 冷	(f) 西	(g) 暖和	(h) 快
(i) 晚	(j) 多	(k) 不好看	
(l) 下	(m) 不常	(n) 晴天	(o) 南

(1) 發大水了!

(2) 我的衣服太小了! 不能穿了!

(3) 她明天去加拿大。她要帶很多衣服去。

(4) 他穿汗衫和短褲。

(5) 下大雨了! 不能出去了!

(6) 他們放學回家了!

(7) 她是家庭主婦,她每天在家。

(8) 她在等她的朋友。她的朋友還沒有來。

9 Finish the following sentences.

(1) _____ (this summer holiday)從七月五號開始。

(2) 我們學校一年有兩個學期。_____ (the first term)一月二十號開學。

(3) 我小時候上海天氣很冷，_____ (every winter)都下雪。

(4) 今年夏天我們全家去歐洲 _____ (spend holidays)。

(5) 你們春節 _____ (what time)開始放假？

(6) 英國冬天 _____ (sometimes)下大雪。

(7) 李勝的爸爸 _____ (often)出國。

(8) 這幾天天氣開始轉涼了，你 _____ (should)多穿點兒衣服。

(9) 她非常喜歡游泳，她 _____ (every day)都去游泳。

(10) 我們家在美國住過 _____ (3 years)。

10 Find the phrases. Write them out.

曬	開	始	游	船
太	暑	假	第	泳
陽	學	期	海	一
國	外	那	左	邊
家	套	哪	兒	右

(1) _____   (7) _____

(2) _____   (8) _____

(3) _____   (9) _____

(4) _____   (10) _____

(5) _____   (11) _____

(6) _____   (12) _____

11 Match the descriptions with the people.

4 他穿白色的襯衫、黑色的毛衣和黑白格子的長褲。他頭髮不多。

3 他穿白色的襯衫和灰色的長褲。他還戴領帶。他腳上穿黑色的皮鞋。

1 她穿白色的襯衫和黑色的短裙，腳上穿黑色的皮鞋。她的頭髮不長也不短。

2 他穿花襯衫、白毛衣和條子長褲，腳上穿運動鞋。

12 Make up phrases.

(1) 暑假 → 假＿＿

(2) 去世 → 世＿＿

(3) 外國 → 國＿＿

(4) ＿＿海 ← 海邊

(5) ＿＿度 ← 度假

(6) ＿＿動 ← 動物

(7) 古老 → 老＿＿

(8) ＿＿國 ← 國寶

(9) 花鳥畫 → 畫＿＿ ＿＿

(10) ＿＿校 ← 校服

(11) 毛衣 → 衣＿＿

(12) 外套 → 套＿＿

13 Reading comprehension.

方方

今年暑假我和六個同學去法國度假了。我們住在一個三星級的酒店裏，在那兒住了一個星期。法國夏天很熱，白天氣溫在三十度以上。我們在那兒的頭兩天天氣不好，但是後來幾天天氣都很好。我們每天去海邊游泳、曬太陽，大家都曬黑了。

Answer the questions.

(1) 今年暑假方方和誰去了法國？

(2) 她們住在哪兒？

(3) 她們在法國住了幾天？

(4) 法國的夏天天氣怎麼樣？

(5) 她們在法國的頭兩天天氣怎麼樣？

(6) 她們在法國的時候去哪兒游泳了？

14 Translation.

(1) 他八歲開始學騎馬。

(2) She started to learn Chinese painting at the age of 10.

(3) 你們下個學期什麼時候開學？

(4) When do your summer holidays start?

(5) 你今年春節想去哪兒？

(6) Where are you going over the summer holidays?

(7) 我在北京住過三年。

(8) He lived in Japan for ten years.

閱讀（六）風箏

1 Translation.

(1) home town of the kite

(2) the models of kites

(3) human figures

(4) over two thousand years of history

(5) to fly a kite

(6) the best season

2 Answer the questions.

(1) 風箏的故鄉在哪兒？

(2) 風箏的式樣多不多？

(3) 你看見過風箏嗎？

(4) 你放過風箏嗎？

(5) 你在哪兒放過風箏？

3 Give the meanings of the following phrases.

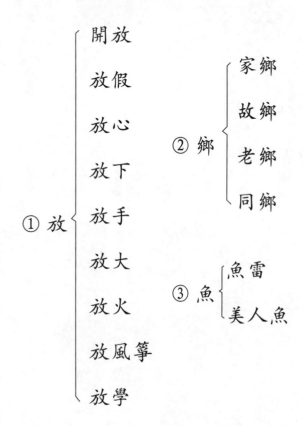

① 放
開放
放假
放心
放下
放手
放大
放火
放風箏
放學

② 鄉
家鄉
故鄉
老鄉
同鄉

③ 魚
魚雷
美人魚

4 Translation.

(1) home town of the giant panda

(2) the styles of clothing

(3) home town of birds

(4) the styles of leather shoes

第七課　我最喜歡過寒假

1 Write the pinyin and the meanings of the following phrases.

(1) 滑冰 ＿＿＿＿＿＿ ＿＿＿＿＿

(2) 滑雪 ＿＿＿＿＿＿ ＿＿＿＿＿

(3) 堆雪人 ＿＿＿＿＿ ＿＿＿＿＿

(4) 放寒假 ＿＿＿＿＿ ＿＿＿＿＿

(5) 因爲 ＿＿＿＿＿＿ ＿＿＿＿＿

(6) 所以 ＿＿＿＿＿＿ ＿＿＿＿＿

(7) 父母親 ＿＿＿＿＿ ＿＿＿＿＿

(8) 非常 ＿＿＿＿＿＿ ＿＿＿＿＿

(9) 每次 ＿＿＿＿＿＿ ＿＿＿＿＿

(10) 暖和 ＿＿＿＿＿＿ ＿＿＿＿＿

(11) 涼快 ＿＿＿＿＿＿ ＿＿＿＿＿

(12) 温度 ＿＿＿＿＿＿ ＿＿＿＿＿

(13) 季節 ＿＿＿＿＿＿ ＿＿＿＿＿

(14) 故鄉 ＿＿＿＿＿＿ ＿＿＿＿＿

(15) 式樣 ＿＿＿＿＿＿ ＿＿＿＿＿

(16) 海邊 ＿＿＿＿＿＿ ＿＿＿＿＿

2 Find the opposites.

(1) 左 →

(2) 寒假 →

(3) 熱 →

(4) 一點兒 →

(5) 慢 →

(6) 早 →

(7) 白 →

(8) 陰 →

(9) 長 →

(10) 暖和 →

(11) 來 →

(12) 裏 →

(a) 涼快　　(b) 暑假　　(c) 去

(d) 黑　　(e) 很多　　(f) 快

(g) 右　　(h) 晚　　(i) 冷

(j) 短　　(k) 陽　　(l) 外

3 Sort out the words according to different topics.

温度　　襯衫　　游泳　　西裝　　晴轉多雲　　滑雪

雷雨　　滑冰　　外套　　領帶　　圍巾　　騎自行車

颱颱風　套裝　　寒冷　　騎馬　　連衣裙　暖和　　帽子

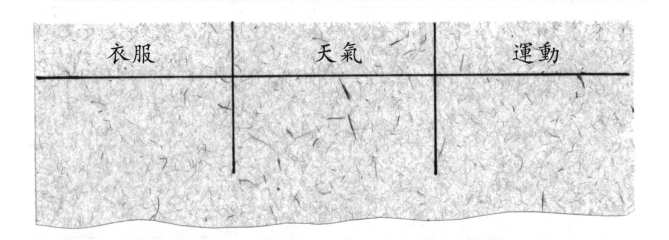

衣服	天氣	運動

4 Answer the questions.

(1) 你游泳游得怎麼樣？

(2) 你寫字寫得怎麼樣？

(3) 你畫畫兒畫得怎麼樣？

(4) 你滑冰滑得怎麼樣？

(5) 你滑雪滑得怎麼樣？

(6) 你騎馬騎得怎麼樣？

(7) 你爸爸開車開得怎麼樣？

(8) 你媽媽做飯做得怎麼樣？

(9) 你說漢語說得怎麼樣？

5 Give the meaning of each word.

(1) 弟 ＿＿＿＿　　第 ＿＿＿＿

(2) 泳 ＿＿＿＿　　冰 ＿＿＿＿

(3) 暑 ＿＿＿＿　　都 ＿＿＿＿

(4) 邊 ＿＿＿＿　　過 ＿＿＿＿

(5) 次 ＿＿＿＿　　歡 ＿＿＿＿

(6) 誰 ＿＿＿＿　　堆 ＿＿＿＿

(7) 陰 ＿＿＿＿　　陽 ＿＿＿＿

(8) 雪 ＿＿＿＿　　雷 ＿＿＿＿

6 Finish the following dialogues.

(1) A: 你是在哪兒出生的？

（美國）

B: <u>我是在美國出生的。</u>

(2) A: 你是怎麼來的？（走路）

B: _____

(3) A: 他是幾點回家的？

（六點半）

B: _____

(4) A: 你是和誰去上海的？

（姐姐）

B: _____

(5) A: 你是哪年來香港的？（1995 年）

B: _____

(6) A: 你是在哪兒學的中文？

（北京）

B: _____

7 Fill in the blanks with the words in the box.

> ……的時候　　什麼時候
>
> 兩次　有時候　每天　經常

(1) 北京冬天 _____ (sometimes) 下雪。

(2) 上海春天 _____ (often) 下雨。

(3) 我兩歲 _____ (when)，我們全家去了加拿大。

(4) 你們 _____ (when) 開始放寒假？

(5) 我 _____ (everyday) 坐校車上學。

(6) 我去過美國 _____ (twice)。

8 Circle the right word.

(1) 今年賽／寒假你去哪兒？

(2) 每／海天晚上他都去游泳。

(3) 下雪的時候我會誰／堆雪人。

(4) 他非常喜歡滑冰／泳。

(5) 他父母／每親都工作。

(6) 王先生在一家工廣／廠工作。

(7) 她丈／大夫是經理。

(8) 我不會說廣東語／話。

(9) 一年有四個李／季節。

(10) 我們七月一日開始游／放假。

9 Fill in the blanks with proper measure words.

個　隻　頭　條　張　件　家　套　本

(1) 一 ＿＿＿ 領帶

(2) 一 ＿＿＿ 鳥

(3) 一 ＿＿＿ 外套

(4) 一 ＿＿＿ 生日卡

(5) 一 ＿＿＿ 飯店

(6) 一 ＿＿＿ 運動服

(7) 一 ＿＿＿ 母牛

(8) 一 ＿＿＿ 小人書

(9) 一 ＿＿＿ 蝦

(10) 一 ＿＿＿ 西裝

(11) 一 ＿＿＿ 熊貓

(12) 一 ＿＿＿ 襯衫

(13) 一 ＿＿＿ 連衣裙

(14) 一 ＿＿＿ 哥哥

(15) 一 ＿＿＿ 銀行

(16) 一 ＿＿＿ 漢語書

(17) 一 ＿＿＿ 紙

(18) 一 ＿＿＿ 學校

10 Translation.

(1) 他滑冰滑得很好。

(2) She skies very well.

(3) 我是坐火車來的。

(4) He went by boat.

(5) 這是我第一次來美國。

(6) This is my first time to paint Chinese paintings.

(7) 我去過北京好幾次。

(8) I have seen him several times.

(9) 你滑過幾次雪？

(10) How many times have you been to the Great Wall?

11 Give the meanings of the following phrases.

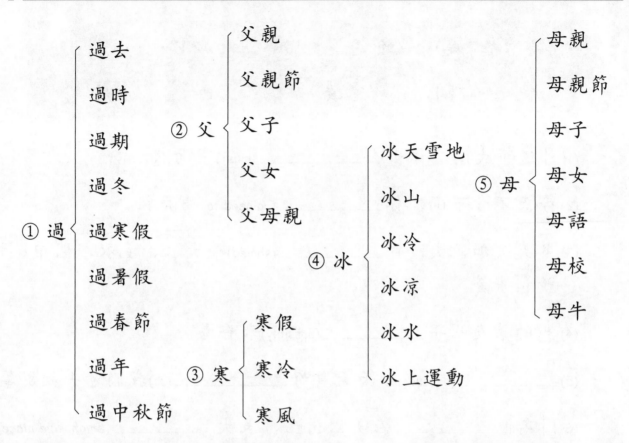

12 Finish the following sentences.

(a) 每年都去美國度假。　　(d) 穿上大衣。

(b) 沒有上學。　　　　　　(e) 也想學漢語。

(c) 很想去故宮看看。　　　(f) 喜歡過暑假。

(1) 因爲今天下大雨，颱颱風，所以我＿＿＿＿＿＿＿＿＿＿

(2) 因爲今天很冷，所以你出門要＿＿＿＿＿＿＿＿＿＿

(3) 因爲他非常喜歡美國，所以他＿＿＿＿＿＿＿＿＿＿

(4) 因爲這是她第一次來北京，所以她＿＿＿＿＿＿＿＿＿＿

(5) 因爲她爸爸會說漢語，所以她＿＿＿＿＿＿＿＿＿＿

(6) 因爲暑假最長，有兩個月，所以姐姐＿＿＿＿＿＿＿＿＿＿

13 Fill in the blanks with the words in the box.

要	是……的		因爲……，所以……
看上去(像)		應該	可能會	不用

(1) 外邊下大雨，你出去 _____ (must)穿雨衣。

(2) 今天不會下雨，你 _____ (no need to)帶雨衣。

(3) 冬天去加拿大，你 _____ (should)帶大衣、毛衣、圍巾、帽子和手套。

(4) 我的筆友明年 _____ (possibly)來香港。

(5) _____ (because)今天天氣好，_____ (so)我們會去放風箏。

(6) 因爲他 _____ 在美國出生、長大 _____ (emphasize place)，所以他說美國英語。

(7) 我 _____ 昨天晚上到香港 _____ (emphasize time)。

(8) 今天學校放假，所以我 _____ (no need to)上學。

(9) 他 _____ (looks)三十多歲。

(10) 那個男人 _____ (looks like)老師。

14 Find the odd one out.

(1) 天安門　城裏　長城　故宮

(2) 熊貓　大象　蟲子　馬

(3) 笑　風箏　竹筷　筆

(4) 冷　涼　暖　寒假

(5) 綠　陰　晴　多雲

(6) 零　雨　風　雪

(7) 暑假　寒假　寒冷　假期

(8) 東京　北京　東方　南京

15 Reading comprehension.

我叫安然,是加拿大人。加拿大一年有四季:春、夏、秋、冬。加拿大的春天很美,常常是晴天,氣溫在五到十五度。加拿大的夏天很短,不太熱,氣溫在二十八度左右,有時也會颳風、下大雨。加拿大的秋天來得很早,每年九月天氣開始轉凉。秋天是一年中最美的季節。加拿大的冬天很長,有六個月。冬天天氣很冷,經常下大雪,最冷的時候氣溫有零下三、四十度。我喜歡下雪天,因為可以去滑冰、滑雪。加拿大的冬天也很美。

Answer the questions.

(1) 加拿大的春天天氣怎麼樣?

(2) 加拿大的夏天氣溫多少度?

(3) 加拿大一年中哪個季節最美?

(4) 加拿大的冬天常常下雪嗎?

16 True or false?

( )(1) 東京是日本的首都。

( )(2) 上海是中國的首都。

( )(3) 北京一共有三個名勝。

( )(4) 熊貓也愛吃魚。

( )(5) 中國是風箏的故鄉。

17 Give the meaning of each character.

①
晴 _____
暖 _____
暑 _____
曬 _____
春 _____

②
凉 _____
冷 _____
冰 _____
寒 _____
冬 _____

❶ 我喜歡寒假,因爲在寒假裏經常下雪,我喜歡下雪天。我喜歡堆雪人,我還喜歡滑冰、滑雪。

❷ 我不喜歡寒假,因爲天氣太冷了。我喜歡暑假,因爲暑假裏我可以去海裏游泳和滑水。我還喜歡去海邊曬太陽。

❸ 我最喜歡過暑假,因爲暑假很長,有兩個月,不用上學。我喜歡一個人在家看書。我最喜歡看小説。

❹ 我不喜歡暑假,暑假太熱了,氣溫經常在35℃以上,家裏又沒有冷氣機。我喜歡寒假。寒假裏我可以去滑冰和滑雪。

❺

19 Read the sample passages. Then write your own.

1 　夏天去英國，你應該帶汗衫、長褲、短褲，但是也要帶雨衣。在英國，雨衣很有用，因爲那裏經常下雨。你也應該帶外套，因爲英國常常都會冷。

2 　冬天去英國，你要帶毛衣、外套、手套、圍巾、帽子等。在英國，大衣很有用，因爲那裏的冬天有時候很冷，也會常常下雨、下雪。

3 　夏天來我們國家，你應該帶＿＿＿＿＿＿＿＿＿＿

＿＿＿＿＿＿＿＿＿＿＿＿＿＿＿＿＿＿＿＿＿＿，

因爲＿＿＿＿＿＿＿＿＿＿＿＿＿＿＿＿＿＿＿＿。

4 　冬天來我們國家，你應該帶＿＿＿＿＿＿＿＿＿＿

＿＿＿＿＿＿＿＿＿＿＿＿＿＿＿＿＿＿＿＿＿＿，

因爲＿＿＿＿＿＿＿＿＿＿＿＿＿＿＿＿＿＿＿＿。

生詞

第四課　晴天　臺北　氣溫　度　晴轉多雲　可能(會)　下雨

毛毛雨　澳門　陰天　颱風　東京　颳西北風　左右

大風雪　零下　天氣　怎麼樣　多少

首都　千　名勝　比如　天安門　故宮　長城

第五課　暖和　有時候　……的時候　熱　常常＝經常

又……又……　打雷　涼快　冷

熊貓　古老　動物　國寶　愛　竹子　隻　公斤

第六課　放暑假　假期　度假　學期　國外　海邊　游泳　曬太陽

開始　新加坡　那兒　兩個星期　第一　什麼時候

放風箏　故鄉　式樣　魚　蟲　季節

第七課　過寒假　滑雪　得　是……的　臺灣　因為……,所以……

父母親　每次　堆雪人　戴上　看上去(像)　韓國　非常

滑冰

總複習

1. Weather conditions

① 颱風
颱颱風
下雨
下毛毛雨
下雪
大風雪
打雷
雷雨

② 多雲
晴天
陰天
熱
冷
涼快
暖和
晴轉多雲

2. Holidays

① 暑假
寒假
放假
度假
假期

3. Activities

① 游泳
曬太陽
放風箏
堆雪人
滑冰
滑雪

4. Verbs and adverbs

要　　不用　　愛　　開始　　看上去(像)

可能(會)　　　有時候　　常常＝經常　　非常

5. Conjunctions and set phrases

(1) 又……又……

(a) 媽媽做的飯又好看又好吃。

(b) 他又想去滑冰，又想去滑雪。

(2) 因爲……,所以……

(a) 因爲這幾天很熱，所以游泳的人很多。

6. Question words + phrases

   什麼時候？　　　怎麼樣？　　　多少度？

7. Grammar

   (1) 是……的　　　(a) 他是在上海出生的。

   　　　　　　　　(b) 他是 1975 年去英國的。

   　　　　　　　　(c) 他是走路來的。

   (2) 得　　　　　(a) 他游泳游得快。

   (3) duration of action　(a) 他在北京住過三年。

   　　　　　　　　(b) 我們會在法國住兩個星期。

   (4) 次　　　　　(a) 我去過日本三次。

   　　　　　　　　(b) 這是我第一次來香港。

8. The following words have more than one meaning

   (1) 過 ⎰ 去過　看過
   　　　 ⎱ 過暑假　過春節　過生日

   (2) 度 ⎰ 二十度　零下五度
   　　　 ⎱ 度假　度周末

   (3) 都 ⎰ 都工作　都上學
   　　　 ⎱ 首都

9. Radicals

車　舌　雲　氵　豸　罒

10. Questions and answers

(1) 今天天氣怎麼樣？　　晴轉多雲。

(2) 今天氣溫多少度？　　十五到二十度。

(3) 今天會下雨嗎？　　下午可能會下雨。

(4) 你一年有幾個假期？　　三個假期。

(5) 你今天什麼時候回家？　　下午四點半。

(6) 你們什麼時候開始放暑假？　　七月一號。

(7) 今年暑假你會去哪兒度假？　　美國。

(8) 去年寒假你去哪兒度假了？　　加拿大。

(9) 你去過北京的長城嗎？　　去過。

(10) 你是什麼時候開始學漢語的？　　七年級。

(11) 你會游泳嗎？　　會。

(12) 你游泳游得怎麼樣？　　還可以。

(13) 你是在哪兒出生的，在哪兒長大的？

我在英國出生，在香港長大。

測驗

Write the weather forecast in Chinese.

		今　天
北京	❄☾ -10℃～-15℃	北京今天下大雪，颳大風，氣温在零下十度到零下十五度。
上海	上午 → 下午 15℃～20℃	
香港	30℃～32℃	
西安	上午 → 下午 20℃～25℃	

2 Match the Chinese with the English.

(1) 颱風　　　(a) nice and warm

(2) 打雷　　　(b) rain storm

(3) 雷雨　　　(c) thunder

(4) 暖和　　　(d) typhoon No.8

(5) 8 號颱風　(e) heavy snow storm

(6) 大風雪　　(f) overcast

(7) 陰天　　　(g) windy

(8) 晴轉多雲　(h) change from fine to cloudy

3 Fill in the blanks with "的" or "得".

(1) 北京 _____ 名勝很多。

(2) 他寫字寫 _____ 很慢。

(3) 她爺爺畫畫兒畫 ____ 很好。

(4) 中國是熊貓 _____ 故鄉。

(5) 風箏 _____ 式樣很多。

(6) 我哥哥滑雪滑 ____ 很好。

66

(1) 北京有很多名勝，比如天安門、故宮、長城等。

(2) 爸爸畫的熊貓像真的一樣。

(3) 他吃飯吃得很少。

(4) 他走路走得非常慢。

(5) 他看書看得很快。

(6) 她看上去像老師。

(1) 中國的首都在哪兒？

(2) 北京有什麼名勝？

(3) 熊貓最愛吃什麼？

(4) 你看見過熊貓嗎？

(5) 風箏的故鄉在哪兒？

(6) 你放過風箏嗎？

北京在中國的北方，是中國的首都。北京一年有四個季節：春天、夏天、秋天和冬天。每年的三月到五月是春天。北京的春天晴天多，陰天少，不常下雨，但經常颳風。夏天是六月到八月。夏天的天氣很熱，有時候下雨，最高氣溫有三十六度。秋天是九月到十一月。秋天天氣最好，不冷也不熱，是度假的最好季節。冬天從十二月開始到第二年二月。冬天天氣很冷，但不常下雪，常颳西北風，氣溫常常在零度以下。

Answer the questions.

(1) 北京的春天天氣怎麼樣？

(2) 北京的夏天氣溫最高有多少度？

(3) 北京的秋天從幾月開始？

(4) 北京的冬天常下雪嗎？

(5) 哪個季節去北京度假最好？

7 Answer the following questions.

(1) 今天天氣怎麼樣？

(2) 今天氣溫多少度？

(3) 今天會下雨嗎？

(4) 你們一年有幾個學期？

(5) 你今年什麼時候開始放暑假？

(6) 你今年暑假去哪兒？

(7) 去年寒假你去哪兒了？

(8) 你去過北京的故宮嗎？

(9) 你是在哪兒出生，在哪兒長大的？

(10) 你會滑雪嗎？滑得怎麼樣？

(11) 你是什麼時候開始學漢語的？

8 Reading comprehension.

去年暑假,王雲全家去英國度假了。因爲她小時候在英國住過四年，所以她很想再回英國去看看。英國夏天的天氣很好，不是太熱，但是有時候最高氣溫也會有三十度左右。去年夏天天氣非常好，每天都有太陽，又不太熱。她們住在一家酒店裏，一共住了十天。她這次假期過得很開心。

Answer the questions.

(1) 去年暑假王雲去哪兒度假了？

(2) 她在英國住過幾年？

(3) 英國夏天天氣怎麼樣？

(4) 去年夏天王雲在英國的時候天氣怎麼樣？

(5) 他們在英國住了幾天？

(6) 王雲的暑假過得怎麼樣？

9 Translation.

(1) I have been to America once.

(2) Our winter holiday starts on January 14th.

(3) He has lived in Canada for 7 years.

(4) It was in Beijing where I learned Chinese.

(5) He sometimes walks to school.

(6) He looks like a businessman.

(7) Where were you born?

(8) She swims really fast.

第三單元　愛好

第八課　我的愛好是聽音樂

1 Circle the correct pinyin.

(1) 音樂　(a) yīnyuè　(b) yīnyèu

(2) 古典　(a) gǔdiǎng　(b) gǔdiǎn

(3) 遊戲　(a) yóuxì　(b) yóusì

(4) 電腦　(a) diàngnǎo　(b) diànnǎo

(5) 作業　(a) zuòyè　(b) zòuyè

(6) 電視　(a) diànsì　(b) diànshì

(7) 流行　(a) liúxín　(b) liúxíng

(8) 電影　(a) diànyǐng　(b) diànyǐn

(9) 跳舞　(a) tiàowǔ　(b) tiàohǔ

(10) 愛好　(a) àihǎo　(b) àihào

2 Give the meaning of each word.

(1) 銀 _____　很 _____

(2) 業 _____　亞 _____

(3) 勝 _____　姓 _____

(4) 完 _____　玩 _____

(5) 嗎 _____　媽 _____

(6) 那 _____　哪 _____

(7) 領 _____　冷 _____

(8) 京 _____　涼 _____

(9) 親 _____　音 _____

(10) 水 _____　冰 _____

3 Write a phrase for each picture.

1 聽音樂

2 _____

3 _____

4 _____

5 _____

6 _____

7 _____

8 _____

4 Answer the following questions.

(1) 你喜歡聽古典音樂還是流行音樂？

(2) 你喜歡玩電腦遊戲還是看電視？

(3) 你喜歡看電視還是看電影？

(4) 你喜歡滑冰還是滑雪？

(5) 你喜歡過暑假還是寒假？

(6) 你喜歡去英國度假還是去法國度假？

(7) 你想去美國上大學還是去英國上大學？

(8) 你喜歡聽音樂還是跳舞？

(9) 你喜歡寫毛筆字還是畫中國畫？

(10) 你想做律師還是醫生？

5 Finish the following sentences with the help of the words in the box.

有時候 經常／常常 總是 每天
……的時候 每個星期 每年

(1) 我們 _____ (have homework everyday)。

(2) 他弟弟 _____ (sometimes plays computer games)。

(3) 放學回家以後，我 _____ (always do homework first)，然後看一會兒電視。

(4) 我哥哥不喜歡聽古典音樂，他 _____ (often listens to pop music)。

(5) _____ (While doing homework)，不應該看電視。

(6) 我 _____ (go swimming every week)。

(7) 他 _____ (goes to Australia every year)度假。

70

6 Finish the following sentences.

他會＿＿說漢語＿。

每個周末他們都
去＿＿＿＿＿。

她很會＿＿＿＿＿。

她喜歡做作業的
時候＿＿＿＿＿。

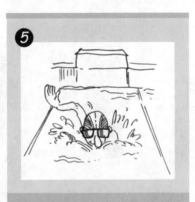

他總是早上＿＿＿。

他爺爺喜歡＿＿＿＿。

他每天都＿＿＿＿。

小明的媽媽喜
歡＿＿＿＿。

他非常喜歡
＿＿＿＿＿。

71

7 Write one sentence for each set of pictures.

Example

他畫完畫兒以後去騎馬。

❶

_____

❷

_____

❸

_____

❹

_____

❺

_____

8 Finish the following sentences.

(1) 媽媽，我想 _____ (watch TV for a short while)。

(2) _____ (after arriving home from school)，我總是先吃一點兒東

西，然後做作業。

(3) 英文小說、中文小說， _____ (I like them all)。

(4) _____ (after finishing dinner)，我去玩電腦。

(5) _____ (I have many hobbies)，但是我最喜歡聽音樂。

(6) 做完作業以後， _____ (I always read for a short while)。

9 Fill in the blanks with the phrases in the box.

1

今天颳大風、下大雨，不要出去了，你可以在家 _____。

(a) 玩電腦

(b) 多穿點兒衣服

(c) 去海邊游泳

(d) 曬太陽

(e) 堆了一個大雪人

(f) 走路去上班

2

昨天下了大雪。今天孩子們在雪地裏玩。他們 _____。

4

今天很熱。我們可以 _____。

5

今天颳颱風，下大雨，他不應該 _____。

3

今天真冷，零下十五度。他應該 _____。

6

今天天氣真好，很暖和，又沒有風。我們可以去 _____。

我叫王樂,今年十七歲。我是在上海出生，在香港長大的。我現在上高中二年級。我會說好幾種語言和方言。我會說英語、漢語、上海話和廣東話，我還想學法語和德語。我去過很多國家，比如英國、法國、德國、韓國、馬來西亞、墨西哥、南非等。

我有很多愛好。我喜歡看小說、聽音樂、跳舞和畫畫兒。周末我有時候去滑冰。

今年暑假我和家人會去新加坡度假。新加坡夏天很熱。我們會去海邊游泳、曬太陽。

Circle the right answer.

(1) 王樂今年＿＿＿＿＿＿＿＿＿。

(a) 二十歲　(b) 十七歲　(c) 十二歲

(2) 王樂＿＿＿＿＿＿＿＿。

(a) 在上海出生，在香港長大

(b) 在香港出生，在香港長大

(c) 在上海出生、長大

(3) 王樂會說＿＿＿＿＿＿＿＿＿。

(a) 三種語言　　(b) 五種語言

(c) 兩種語言、兩種方言

(4) 王樂去過＿＿＿＿＿＿＿國家。

(a) 十八個　(b) 三個　(c) 很多

(5) 今年暑假她會去＿＿＿＿＿＿。

(a) 墨西哥　(b) 西班牙　(c) 新加坡

11 Give the meanings of the following phrases.

① 音 { 口音 / 語音 / 男高音 / 女高音 / 古典音樂 / 流行音樂

② 總 { 總是 / 總共 / 總機 / 總理

③ 業 { 作業 / 工業 / 手工業

④ 腦 { 腦子 / 頭腦 / 大腦

⑤ 跳 { 跳舞 / 跳高 / 跳水

⑥ 流 { 電流 / 水流 / 氣流

⑦ 聽 { 好聽 / 聽話 / 聽見

12 Match the descriptions with the people.

❷ 李雲個子最高。他看上去像十二年級的學生。他穿外套、長褲，腳上穿運動鞋。

❸ 王小文看上去像十年級的學生。她的頭髮不長也不短。她穿花襯衫、黑裙子，腳上穿白皮鞋。

❶ 馬小春看上去像十一年級的學生。他穿條子外套、白襯衫和長褲，他還戴領帶。他腳上穿黑皮鞋。

1 張勝個子不高，看上去不到二十歲。他是一家酒店的服務員。他爸爸是中國人，媽媽是美國人。他穿毛衣和牛仔褲。

2 胡雪個子也不高，看上去四十歲左右。她是家庭主婦。她喜歡看電影和聽音樂。她丈夫是律師。她穿格子連衣裙。

3 李陽看上去二十多歲。他在非洲出生，是南非人。他在一家汽車公司工作。他喜歡周遊世界，到過很多國家。他穿汗衫和牛仔褲。

4 王冰看上去二、三十歲。她的頭髮不長也不短。她穿套裝和皮鞋。她在一家臺灣公司做秘書。她喜歡看美國電影，還喜歡看書。

Answer the questions.

(1) 張勝做什麼工作？

(2) 張勝今天穿什麼衣服？

(3) 胡雪的愛好是什麼？

(4) 胡雪的丈夫做什麼工作？

(5) 李陽出生在哪兒？

(6) 李陽在哪兒工作？

(7) 王冰做什麼工作？

(8) 王冰的愛好是什麼？

14 Translation.

(1) 他表哥是個電影明星。

(2) 我們每天都有聽寫。

(3) 學語言要多聽、多說、多看、多寫。

(4) 我爸爸漢語說得很流利。

(5) 總的來說，香港是個不錯的地方。

(6) 王先生是個總工程師。

(7) 她弟弟只有一歲，很好玩。

(8) 聽說這個日本電影非常好看。

(9) 李太太愛開玩笑。

15 Find the phrases. Write them out.

跳	舞	運	動	服
作	電	話	做	晚
工	業	腦	早	飯
流	電	視	游	店
利	行	影	泳	戲

(1) _____   (8) _____

(2) _____   (9) _____

(3) _____   (10) _____

(4) _____   (11) _____

(5) _____   (12) _____

(6) _____   (13) _____

(7) _____   (14) _____

16　Read the following paragraphs. Then write one about yourself.

1. 王星是中國人，他是九年級，他的愛好是看電視、看電影和玩電腦。他每天放學回家以後總是先做作業，然後看電視。

2. 李冰今年上十年級，她不喜歡聽古典音樂，也不喜歡聽流行音樂。她只有一個愛好：看電影。她最愛看美國電影。每個周末她都去看電影。

3. 周文寶今年十六歲，上高中一年級。她非常喜歡聽音樂。古典音樂、流行音樂，她都喜歡聽。她還喜歡跳舞。

我叫＿＿＿＿＿＿＿＿＿＿＿＿＿＿＿＿＿＿＿

＿＿＿＿＿＿＿＿＿＿＿＿＿＿＿＿＿＿＿＿

＿＿＿＿＿＿＿＿＿＿＿＿＿＿＿＿＿＿＿＿。

17　Answer the following questions.

(1) 你是在哪兒出生的？

(2) 你小時候住在哪兒？

(3) 你小時候愛上學嗎？

(4) 你在外國住過嗎？

(5) 你以後想去哪兒上大學？

(6) 你常去國外度假嗎？

(7) 你們學校的學生穿不穿校服？

(8) 你上個周末看電影了嗎？

(9) 你常常玩電腦遊戲嗎？

(10) 你畫過中國畫嗎？

(11) 你去過北京的故宮嗎？

(12) 你今天有沒有家庭作業？

(13) 今天天氣怎麼樣？

(14) 在你們國家，冬天冷不冷？

閱讀（七） 春節

1 Translation.

(1) Spring Festival

(2) the lunar New Year

(3) the most important

(4) to celebrate the Spring Festival

(5) Southerners

(6) every household

2 Give the meaning of each word.

① 親 _____
  新 _____

② 餃 _____
  校 _____

③ 衣 _____
  農 _____

3 Give the meanings of the following phrases.

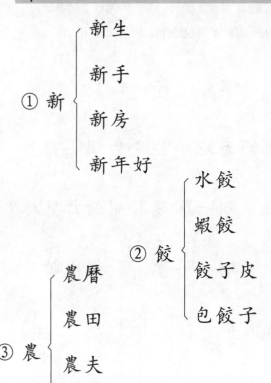

① 新
新生
新手
新房
新年好

② 餃
水餃
蝦餃
餃子皮
包餃子

③ 農
農曆
農田
農夫
菜農

4 Give the meanings of the following phrases.

(1) 南方人 _____

_____

(2) 北方人 _____

_____

(3) 東方人 _____

_____

(4) 西方人 _____

_____

第九課　他打籃球打得最好

1 Write the pinyin and the meanings of the following phrases.

(1) 打籃球＿＿＿＿＿＿＿ ＿＿＿＿＿＿＿

(2) 打排球＿＿＿＿＿＿＿ ＿＿＿＿＿＿＿

(3) 打羽毛球＿＿＿＿＿ ＿＿＿＿＿＿＿

(4) 打高爾夫球＿＿＿＿ ＿＿＿＿＿＿＿

(5) 踢足球＿＿＿＿＿＿ ＿＿＿＿＿＿＿

(6) 打網球＿＿＿＿＿＿ ＿＿＿＿＿＿＿

(7) 打乒乓球＿＿＿＿＿ ＿＿＿＿＿＿＿

(8) 參加＿＿＿＿＿＿＿ ＿＿＿＿＿＿＿

(9) 課外活動＿＿＿＿＿ ＿＿＿＿＿＿＿

(10) 流行音樂＿＿＿＿＿ ＿＿＿＿＿＿＿

(11) 電腦遊戲＿＿＿＿＿ ＿＿＿＿＿＿＿

(12) 跑步＿＿＿＿＿＿＿ ＿＿＿＿＿＿＿

2 Look at the activity schedule below.

4月2日～ 4月8日	小明的活動表
星期一	13:00～14:00 打籃球
星期二	15:00～17:00 打排球
星期三	
星期四	16:00～18:00 踢足球
星期五	6:00～7:00 游泳
星期六	9:00～10:00 跑步
星期日	14:00～16:30 看電影

Answer the questions.

(1) 小明哪天沒有活動？

(2) 他哪天跑步？跑幾個小時？

(3) 他星期一從幾點開始打籃球？

(4) 他星期五游泳游幾個小時？

(5) 他星期幾踢足球？

(6) 他星期日下午做什麼？

3 Write the length of time in Chinese.

❶

二十五分鐘

❷

❸

❹

❺

❻ 4:15 6:20

4 Finish the following sentences.

(1) 暑假期間，我們在美國住
了 _____ (one week)。

(2) 弟弟做了 _____
(two hours) 的作業。

(3) 小明踢了 _____
(the whole morning) 的足球。

(4) 李小姐打了 _____
(two hours) 的網球。

(5) 爸爸要去北京 _____
(two months)。

(6) 王先生夫婦跳了 _____
(the whole evening) 的舞。

5 Rewrite the following sentences.

(1) 他打籃球打了兩個小時。

→ 他打了兩個小時的籃球。

(2) 媽媽打羽毛球打了一個半小時。

→ _____

(3) 同學們打排球打了兩個小時。

→ _____

(4) 爸爸打高爾夫球打了一個下午。

→ _____

(5) 王力踢足球踢了一個上午。

→ _____

(6) 小星打乒乓球打了三刻鐘。

→ _____

Find the phrases. Write them out.

籃	排	電	腦	遊	戲
網	球	話	視	下	工
踢	皮	乒	堆	雪	人
滑	足	兵	參	加	看
冰	雪	球	農	拿	電
山	做	作	業	大	影

(1) _____ (7) _____ (13) _____

(2) _____ (8) _____ (14) _____

(3) _____ (9) _____ (15) _____

(4) _____ (10) _____ (16) _____

(5) _____ (11) _____ (17) _____

(6) _____ (12) _____ (18) _____

7 **Translation.**

(1) He likes playing tennis most.

(2) He plays football everyday.

(3) She always swims in the morning.

(4) She has many hobbies.

(5) His older brother swims fast.

(6) After he comes home from school, he watches TV first.

(7) After she finishes her homework, she listens to music for one hour.

(8) He participates in many extracurricular activities.

8 **Give the meanings of the following phrases.**

① 藍色 _____
　 籃球 _____

② 活動 _____
　 説話 _____
　 颱風 _____

③ 排球 _____
　 非常 _____

④ 游泳 _____
　 放學 _____

9 Look at the chart below.

姓名	網球	排球	足球	乒乓球	游泳	羽毛球	籃球	滑冰
王力	非常好		還可以		會			不會
程小雲		不太好		最好		不錯		會
張美		非常好			會		不會	
高明		最好		還可以	不會			
張愛文	會		不會		不錯	最好		

True or false?

( )(1) 高明打排球打得最好，但是不會游泳。

( )(2) 張愛文不會踢足球，但是會打排球。

( )(3) 張美會游泳，但不會打籃球。

( )(4) 王力打網球打得非常好，但是不會滑冰。

( )(5) 程小雲打排球打得不太好，但是打羽毛球打得不錯。

10 Rewrite the sentences.

(1) 他玩電腦遊戲每天。→ 他每天玩電腦遊戲。

(2) 他喜歡打乒乓球跟弟弟一起。→

(3) 爸爸喜歡打高爾夫球周末。→

(4) 我上學坐校車。→

(5) 網球、羽毛球，我喜歡都。→

(6) 小明踢了足球一個半小時的。→

(7) 弟弟總是玩電腦遊戲放學以後。→

11 Fill in your activity schedule.

課外活動表	星期一	13:00 ~ 14:00 打排球
	星期二	
	星期三	
	星期四	
	星期五	
	星期六	
	星期日	

12 Write one sentence for each picture.

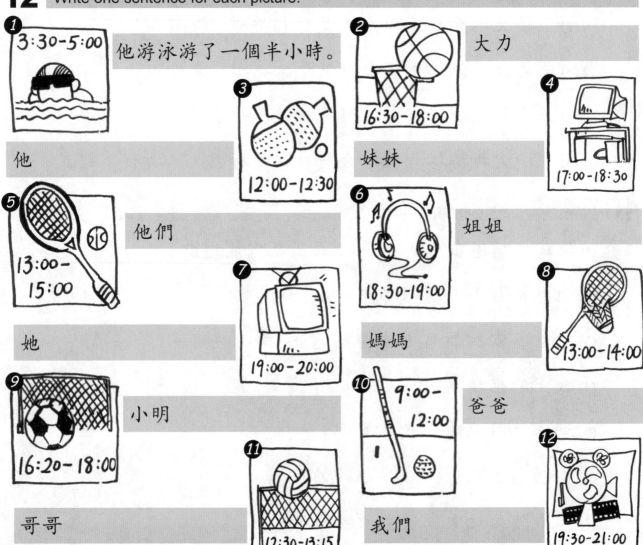

1. 3:30-5:00　他游泳游了一個半小時。

他

2. 16:30-18:00　大力

3. 12:00-12:30　妹妹

4. 17:00-18:30

5. 13:00-15:00　他們

6. 18:30-19:00　姐姐

7. 19:00-20:00

她

8. 13:00-14:00　媽媽

9. 16:20-18:00　小明

10. 9:00-12:00　爸爸

哥哥

11. 12:30-13:15

12. 19:30-21:00　我們

84

13 Give the meanings of the following phrases.

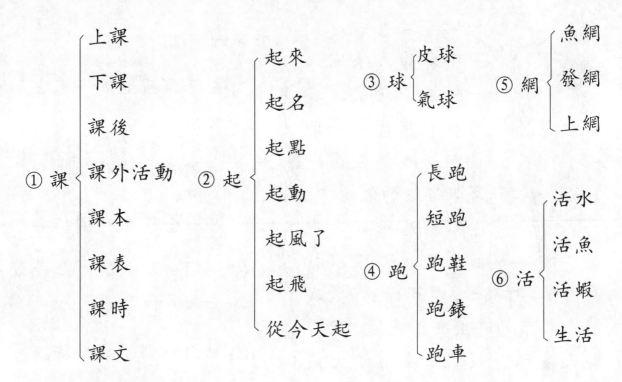

① 課 { 上課 下課 課後 課外活動 課本 課表 課時 課文

② 起 { 起來 起名 起點 起動 起風了 起飛 從今天起

③ 球 { 皮球 氣球

④ 跑 { 長跑 短跑 跑鞋 跑錶 跑車

⑤ 網 { 魚網 發網 上網

⑥ 活 { 活水 活魚 活蝦 生活

14 Translation.

(1) 這個花籃裏的花太美了。

(2) 去上海的飛機幾點起飛?

(3) 我弟弟喜歡吃牛排。

(4) 上課的時候他常常說話。

(5) 他是一個出色的網球運動員。

(6) 兩個英國人坐熱氣球周遊了世界。

(7) 中學生不應該穿高跟鞋上學。

15 Reading comprehension.

去年春節我跟家人一起去了北京。我們在北京玩了一個星期。我們住在一家四星級的酒店裏，這家酒店很好。在酒店裏我們可以打乒乓球、打網球，還可以游泳。我們在北京的時候去了長城、故宮和天安門。我們還去看了大熊貓。在北京我們還吃了餃子。餃子真好吃。

True or false?

( )(1) 去年春節他們一家去了北京 。

( )(2) 他們在北京住了七天。

( )(3) 他們不可以在酒店裏游泳。

( )(4) 他們去了故宮，但是沒有去長城和天安門。

( )(5) 他們看到了大熊貓。

( )(6) 他們在北京吃了餃子。

16 Translation.

(1) 他跑步跑了四十五分鐘。

(2) She watched TV for the whole afternoon.

(3) 她打網球打了一個半小時。

(4) She cooked for two and a half hours.

(5) 他們在英國住了二十多年。

(6) They lived in America for more than ten years.

(7) 他做了一個晚上的作業。

(8) She skated for fifty minutes.

(9) 他踢了兩個小時的足球。

(10) They played basketball for two hours.

(11) 他吃飯吃了一個鐘頭。

(12) He played computer games for half an hour.

閱讀（八）端午節

1 Give the meaning of each word.

① 音 ＿＿＿＿＿＿
　 親 ＿＿＿＿＿＿

② 寒 ＿＿＿＿＿＿
　 賽 ＿＿＿＿＿＿

③ 舟 ＿＿＿＿＿＿
　 船 ＿＿＿＿＿＿

④ 糖 ＿＿＿＿＿＿
　 糉 ＿＿＿＿＿＿

⑤ 裙 ＿＿＿＿＿＿
　 初 ＿＿＿＿＿＿

2 Study the following.

(1) 家 → 家家 ＝ 每家

(2) 天 → 天天 ＝ 每天

(3) 人 → 人人 ＝ 每人

(4) 年 → 年年 ＝ 每年

(5) 月 → 月月 ＝ 每月

3 True or false?

( )(1) 春節是中國人的新年。

( )(2) 過春節，北方人吃年糕，
　　　 南方人吃餃子。

( )(3) 過端午節的時候有龍舟
　　　 比賽。

( )(4) 龍舟也叫龍船。

( )(5) 中國人過年的時候吃糉
　　　 子。

4 Give the meanings of the following phrases.

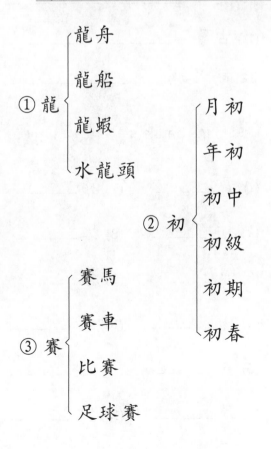

① 龍 ┌ 龍舟
　　　├ 龍船
　　　├ 龍蝦
　　　└ 水龍頭

② 初 ┌ 月初
　　　├ 年初
　　　├ 初中
　　　├ 初級
　　　├ 初期
　　　└ 初春

③ 賽 ┌ 賽馬
　　　├ 賽車
　　　├ 比賽
　　　└ 足球賽

第十課　她喜歡彈吉他

1 Write the pinyin and the meanings of the following phrases.

(1) 看電視 _____　_____

(2) 樂隊 _____　_____

(3) 唱歌 _____　_____

(4) 彈鋼琴 _____　_____

(5) 拉小提琴 _____　_____

(6) 合唱隊 _____　_____

(7) 水彩畫 _____　_____

(8) 畫油畫 _____　_____

(9) 彈吉他 _____　_____

(10) 自學 _____　_____

(11) 古箏 _____　_____

(12) 踢足球 _____　_____

2 Find the partners.

(1) 唱 _____　　(7) 游 _____

(2) 打 _____　　(8) 拉 _____

(3) 彈 _____　　(9) 滑 _____

(4) 踢 _____　　(10) 看 _____

(5) 畫 _____　　(11) 跑 _____

(6) 跳 _____　　(12) 做 _____

鋼琴	足球	小提琴
電影	歌	泳
雪	作業	球
舞	畫兒	步

3 Write one sentence for each picture.

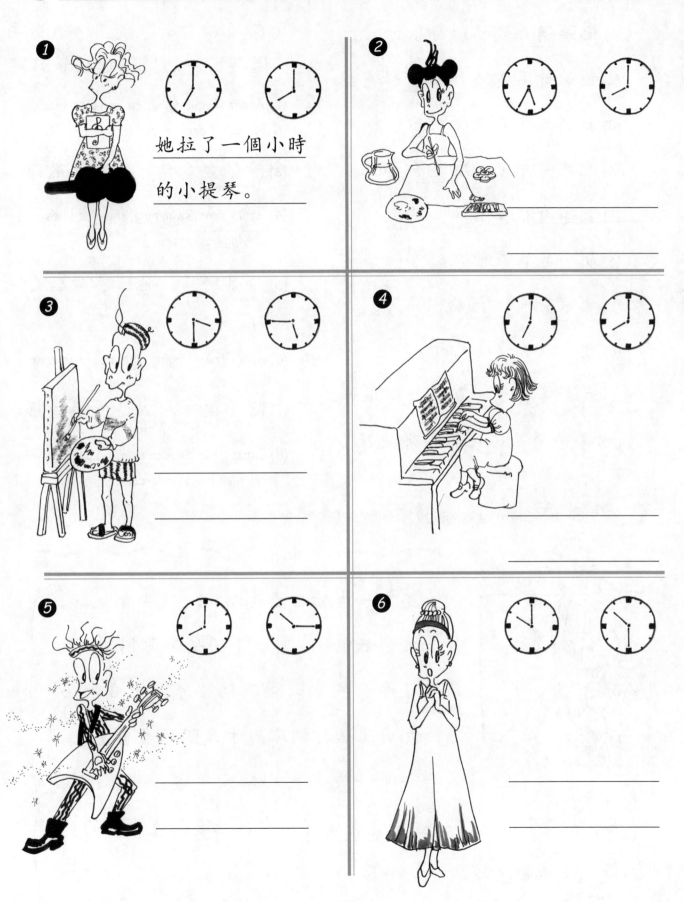

① 她拉了一個小時的小提琴。

②

③

④

⑤

⑥

4 Circle the right word.

(1) 他彈鋼 / 鐵琴彈得很好。

(2) 他妹妹喜歡畫水影 / 彩畫。

(3) 我媽媽不會唱歡 / 歌。

(4) 北京是中國的首 / 自都。

(5) 北京有很多名勝 / 胖。

(6) 胡 / 故宮在北京。

(7) 北京有辰 / 長城。

(8) 能 / 熊貓愛吃竹子。

(9) 我哥哥打籃 / 藍球打得很好。

(10) 弟弟踢是 / 足球踢得最好了。

5 Translation.

(1) 除了加拿大、美國，我還去過英國、法國、德國和韓國。

(2) Apart from English, he can also speak French, Germany and Spanish.

(3) 除了畫畫兒，她還喜歡彈琴。

(4) Apart from swimming, she also likes playing basketball.

(5) 除了騎馬，他還喜歡騎自行車。

(6) Apart from singing, she also likes dancing.

(7) 除了漢語，我還學過法語。

(8) Except that he can paint oil painting, he can also paint watercolour.

6 Read the following passage. Then write your own.

冬雲一歲會自己走路，一歲半會說話。她三歲開始認字，四歲半開始學彈鋼琴，五歲上小學。冬雲六歲學踢足球，七歲學法語，九歲開始打網球，十歲開始學畫畫兒。她今年十一歲，上小學六年級。她會彈鋼琴，她彈得不錯。她畫畫兒也畫得很好。她還會說流利的英語、法語和漢語。

7 Interview your partner. Ask the following questions. Then write a summary.

(1) 你喜歡做運動嗎？　不太喜歡。

(2) 你喜歡看電影嗎？

(3) 你喜歡一邊吃飯一邊看電視嗎？

(4) 你喜歡一邊做作業一邊聽音樂嗎？

(5) 你喜歡玩電腦遊戲嗎？

(6) 你喜歡一邊跑步一邊聽音樂嗎？

(7) 你會打排球嗎？

(8) 你打過高爾夫球嗎？

(9) 你會游泳嗎？你游得怎麼樣？

(10) 你會踢足球嗎？

(11) 你唱歌唱得怎麼樣？

(12) 你會彈鋼琴嗎？

Summary
他不太喜歡做運動，……他很喜歡……，他不喜歡……，他最不喜歡……，他會……。他不太會……，他不會……。

Useful words:

(1) 最喜歡　like most

(2) 非常喜歡　extremely like

(3) 很喜歡　like very much

(4) 喜歡　like

(5) 不太喜歡　do not like that much

(6) 不喜歡　do not like

(7) 會　can

(8) 不太會　not good at

(9) 不會　cannot

8 Group the activities into different categories.

water games	ball games	instruments	others
游泳	打網球	彈古箏	看小説

(a) 游泳　　(b) 打網球　　(c) 彈鋼琴　　(d) 唱歌　　(e) 畫畫兒

(f) 拉小提琴　(g) 打乒乓球　(h) 玩電腦遊戲　(i) 打冰球　(j) 跑步

(k) 打水球　(l) 跳舞　　(m) 賽龍舟　　(n) 打排球　　(o) 拉二胡

(p) 踢足球　(q) 彈古箏　(r) 騎馬　　(s) 滑雪　　(t) 看小説

(u) 看電影　(v) 彈吉他　(w) 打籃球　(x) 打羽毛球　(y) 做作業

9 Reading comprehension.

美文今年十三歲。她喜歡打排球、打羽毛球和打乒乓球。除了運動以外，她還喜歡彈吉他。她可以一邊彈吉他一邊唱歌。她參加了學校的合唱隊。

Answer the questions.

(1) 美文今年多大了？

(2) 她喜歡打什麼球？

(3) 她喜歡彈琴嗎？

(4) 她會不會唱歌？

92

10 Give the meanings of the following phrases.

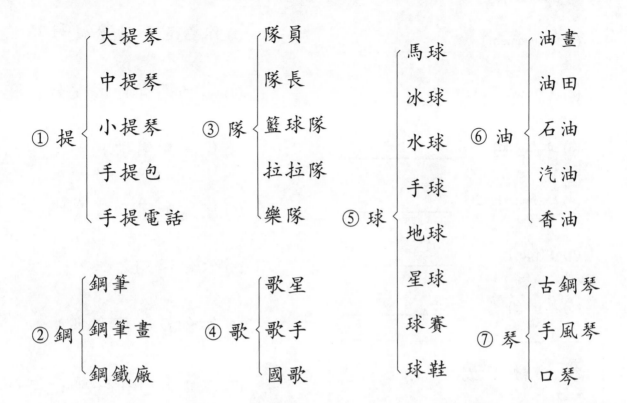

11 Finish the following sentences with the words in the box.

電視	足球	音樂	作業	普通話	晚飯
電話	小提琴	鋼琴	水彩畫	歌	英語

(1) 他正在彈 _____。

(2) 他正在打 _____。

(3) 妹妹正在學 _____。

(4) 姐姐正在拉 _____。

(5) 他正在跟同學們一起踢 _____。

(6) 媽媽正在聽 _____。

(7) 爸爸正在看 _____。

(8) 我正在做 _____。

(9) 我們一家人正在吃 _____。

(10) 王小姐正在學 _____。

(11) 小明正在畫 _____。

(12) 同學們正在唱 _____。

12 Group the words according to their radicals.

(1) 彡 (ornament) _____

(2) 爫 (claw) _____

(3) 立 (stand) _____

(4) 戶 (household) _____

(5) 足 (foot) _____

(6) 米 (rice) _____

影	糭	房	跟	親
踢	音	愛	彩	

13 Answer the following questions.

(1) 你爸爸有什麼愛好？

(2) 你媽媽有什麼愛好？

(3) 你喜歡唱歌嗎？

(4) 你會畫中國畫兒嗎？

(5) 你會彈鋼琴嗎？

(6) 你會拉小提琴嗎？

(7) 你喜歡打排球嗎？

(8) 你會滑冰嗎？

14 Reading comprehension.

寶東是中學生。他有很多愛好。他喜歡音樂，會彈琴。他還喜歡打籃球和打網球。周末他爸爸經常帶他去打高爾夫球。他從今年開始學畫國畫。他每天畫一個半小時的國畫。

Answer the questions.

(1) 寶東是小學生嗎？

(2) 除了音樂以外，他還有什麼愛好？

(3) 周末誰帶他去打高爾夫球？

(4) 他從什麼時候開始學國畫？

(5) 他每天畫幾個小時的國畫？

15 Rearrange the sentences into the order of the English translation.

a
天龍喜歡運動。

e
每天放學以後，他都有課外活動。

b
他參加了學校的足球隊。他是足球隊隊長。

f
他星期一打籃球，星期二踢足球，星期三打排球，星期四打網球，星期五踢足球。

c
張天龍今年十三歲，上初中一年級。

g
天龍會說日語、漢語和一點兒英語。

d
他是日本人，但他是在上海出生、長大的。

h
他父母都是商人。

Zhang Tianlong is 13 years old, he is in Grade 1 in junior high school. He

is Japanese, but he was born and raised in Shanghai. Both his parents are

businessmen. Tianlong can speak Japanese, Chinese, and a little English.

Tianlong loves sports. He joined the school football team. He is the captain.

He has extracurricular activities everyday after school. He plays basketball

on Monday, football on Tuesday, volleyball on Wednesday, tennis on Thursday

and football on Friday.

16 Answer the questions according to the activity schedule below.

星期一 3:30 ~ 4:30 PM 打籃球

星期二 4:00 ~ 5:00 PM 打排球

星期三 6:00 ~ 7:00 PM 彈鋼琴

星期四 7:00 ~ 8:00 AM 游泳

星期五 5:00 ~ 7:00 PM 畫畫兒

星期六 10:00 ~ 11:00 AM 打網球

星期日

(1) 毛毛星期一有什麼課外活動？

(2) 他星期二幾點打排球？

(3) 他哪天彈鋼琴？

(4) 他星期五畫畫兒還是打球？

(5) 他星期六打網球嗎？

(6) 星期日他有沒有活動？

17 Translation.

(1) 除了跳舞以外，她還喜歡唱歌。

(2) Apart from playing the violin, he can play the piano.

(3) 他喜歡一邊彈吉他，一邊唱歌。

(4) She likes painting while listening to the music.

(5) 媽媽正在做飯。

(6) Daddy is painting in watercolours now.

(7) 他每天拉一個小時的小提琴。

(8) She swims an hour and a half everyday.

(9) 我在英國住過十年。

(10) She has lived in Shanghai for 2 years.

(11) 我經常跟小明一起打乒乓球。

(12) He runs with his daddy every morning.

閱讀（九）中秋節

1 Fill in the blanks with the related information in the box.

(1) 春節：＿＿＿＿＿

(2) 端午節：＿＿＿＿

(3) 中秋節：＿＿＿＿

(a) 餃子　　(b) 月餅　　(c) 賽龍舟　　(d) 團圓

(e) 五月初五　　(f) 糭子　　(g) 紅包

(h) 賞月　　(i) 年糕　　(j) 農曆新年

2 True or false?

(　)(1) 陰曆也叫農曆。

(　)(2) 八月十五這天晚上的
　　　月亮是圓的。

(　)(3) 月亮每年圓一次。

(　)(4) 陰曆也叫陽曆。

3 Give the meanings of the following phrases.

① 月
- 明月
- 月光
- 月初
- 月中
- 大月
- 小月
- 月球
- 月亮
- 月牙

② 明
- 明年
- 明天
- 明亮
- 明星
- 明白

4 Give the meaning of each character.

①
- 團 ＿＿＿
- 圓 ＿＿＿

②
- 高 ＿＿＿
- 亮 ＿＿＿

③
- 常 ＿＿＿
- 賞 ＿＿＿

④
- 餅 ＿＿＿
- 飯 ＿＿＿
- 餃 ＿＿＿

⑤
- 利 ＿＿＿
- 秋 ＿＿＿

生詞

第八課　愛好　聽音樂　總是　一會兒　看電視　做作業　看電影　完

玩電腦遊戲　小說　古典音樂　流行音樂　跳舞

農曆新年　重要　節日　過年　北方人　家家戶戶　餃子

南方人　年糕

第九課　打籃球　參加　好多　課外活動　打排球　足球　打羽毛球

踢足球　分鐘　打乒乓球　打網球　跟……一起

打高爾夫球　跑步

端午節　五月初五　龍舟節　賽龍舟　糉子

第十課　彈吉他　除了……(以外)　唱歌　自學　一邊……一邊……

合唱隊　游泳隊　隊員　畫畫兒　油畫　水彩畫　鋼筆畫

正在　彈鋼琴　拉小提琴

中秋節　陰曆　團圓節＝中秋節　月亮　月餅　賞月

總複習

1. Hobbies

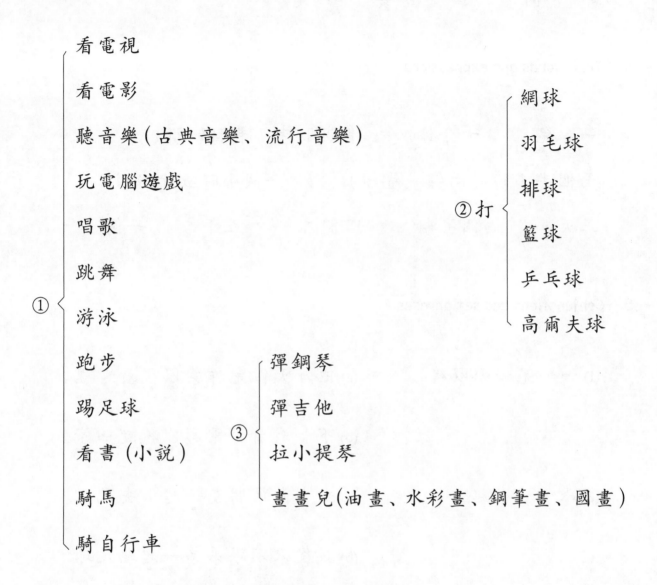

① 看電視
看電影
聽音樂（古典音樂、流行音樂）
玩電腦遊戲
唱歌
跳舞
游泳
跑步
踢足球
看書（小說）
騎馬
騎自行車

② 打 網球
羽毛球
排球
籃球
乒乓球
高爾夫球

③ 彈鋼琴
彈吉他
拉小提琴
畫畫兒（油畫、水彩畫、鋼筆畫、國畫）

2. Chinese traditional festivals, festival food and activities

Festival	Time	Food	Activities
春節(農曆新年)	農曆正月初一	餃子、年糕	紅包、穿新衣服
端午節（龍舟節）	農曆五月初五	糭子	賽龍舟
中秋節（團圓節）	農曆八月十五	月餅	賞月

3. Adjectives and adverbs

新　　圓　　初　　重要　　總是

4. Time words and expressions

一會兒　　　十分鐘　　　半個小時（半個鐘頭）

兩個半小時（兩個半鐘頭）　　　　一個小時五十分鐘

三天　　　兩個星期　　　四個月　　　五年　　　一個下午

5. Conjunctions and set phrases

(1) ……完……以後　　　(a) 他每天做完作業以後看電視。

　　　　　　　　　　　(b) 下午我看完電影以後就回家。

(2) 跟……一起　　　　　(a) 我喜歡跟朋友一起出去玩。

　　　　　　　　　　　(b) 我從來不跟弟弟一起踢足球。

(3) 一邊……一邊……　　(a) 他喜歡一邊吃飯一邊看電視。

　　　　　　　　　　　(b) 他喜歡一邊做作業一邊聽音樂。

(4) 除了……（以外），　(a) 除了法語以外，他還學西班牙語。

　　還……　　　　　　(b) 他除了喜歡音樂，還喜歡運動。

6. Grammar

(1) 都
    (a) 籃球、網球，他都喜歡。

    (b) 彈鋼琴、拉小提琴，她都想學。

(2) duration of action
    (a) 他踢足球踢了半個小時。＝他踢了半個小時的足球。

    (b) 我在上海住過五年。

    (c) 火車開了兩個小時。

(3) 正在
    (a) 他正在做作業。

7. Questions and answers

(1) 你有什麼愛好？   我喜歡運動。

(2) 你家人都有什麼愛好？

爸爸喜歡打高爾夫球，媽媽喜歡打網球，我喜歡畫畫兒。

(3) 你喜歡聽音樂嗎？   喜歡。

(4) 你喜歡聽哪種音樂？   流行音樂。

(5) 你喜歡跟朋友一起出去玩嗎？   喜歡。我們常常出去玩。

(6) 除了做作業以外，你每天晚上還做什麼？   看電視、上網。

(7) 你會彈鋼琴嗎？   會彈。

(8) 你從幾歲開始學彈鋼琴？   六歲半。

(9) 你每天做幾個小時的作業？   一個半小時。

(10) 你在學校參加了什麼課外活動？   我參加了合唱隊和足球隊。

(11) 你看過賽龍舟嗎？   看過。

測驗

1 Circle the right word.

(1) 今天是農曆九月<u>初 / 裙</u>六。

(2) 明天是<u>龍 / 音</u>舟節。

(3) 我今天下午去看書法比<u>賽 / 寒</u>。

(4) 媽媽很喜歡吃<u>籽 / 糭</u>子。

(5) 今晚的月<u>亮 / 高</u>又大又<u>團 / 圓</u>。

(6) 他打<u>籃 / 藍</u>球打<u>的 / 得</u>很好。

(7) 你<u>吃 / 汽</u>過<u>校 / 餃</u>子嗎?

(8) 中<u>秋 / 種</u>節晚上我會和家人一起<u>常 / 賞</u>月。

2 Fill in the blanks with related information given below.

> (a)餃子　　(b)月餅　　(c)賽龍舟　　(d)團圓　　(e)五月初五　　(f)賞月
>
> (g)八月十五　　(h)糭子　　(i)年糕　　(j)紅包　　(k)農曆新年

(1) 春節 ＿＿ ＿＿ ＿＿　　　　(3) 中秋節 ＿＿ ＿＿ ＿＿

(2) 端午節 ＿＿ ＿＿ ＿＿

3 Find the suitable verb from the box for each blank.

(1) ＿＿音樂　　(5) ＿＿網球　　(9) ＿＿毛筆字

(2) ＿＿歌　　　(6) ＿＿鋼琴　　(10) ＿＿舞

(3) ＿＿足球　　(7) ＿＿小提琴　(11) ＿＿步

(4) ＿＿自行車　(8) ＿＿油畫　　(12) ＿＿古箏

> 聽 騎 打 踢
> 拉 唱 寫 跑
> 畫 彈 跳

4 Translation.

(1) 我有很多愛好。

(2) 你喜歡打籃球還是踢足球?

(3) 周末我喜歡跟我的朋友一起去看電影。

(4) 他從來不一邊做作業一邊看電視。

(5) 除了游泳，他還愛打水球。

(6) 他每天彈二十分鐘的鋼琴。

(7) 他打了半個小時的電話。

(8) 我們一家在澳洲住過四年半。

(9) 他的滑冰鞋跟我的一樣。

5 Fill in the blanks with the words given.

完……以後   一邊……一邊……

除了……以外，還……   跟……一起

(1) 他每天做 ＿＿＿ 作業 ＿＿＿ ，總是玩一個小時的電腦遊戲。

(2) 他喜歡 ＿＿＿＿ 看書 ＿＿＿＿ 聽音樂。

(3) ＿＿＿＿ 跳舞 ＿＿＿＿ ，她 ＿＿＿＿ 喜歡唱歌。

(4) 她每天晚上 ＿＿＿＿ 媽媽 ＿＿＿＿ 去跑步。

6 Write a few sentences about yourself by using the following phrases.

| 上學 | 坐車 | 吃午飯 | 放學 | 課外活動 | 參加 |
| 打球 | 彈鋼琴 | 做作業 | 看電視 | 喜歡 | 周末 |

＿＿＿＿＿＿＿＿＿＿＿＿＿＿＿＿＿＿＿＿＿＿＿＿＿

＿＿＿＿＿＿＿＿＿＿＿＿＿＿＿＿＿＿＿＿＿＿＿＿＿

＿＿＿＿＿＿＿＿＿＿＿＿＿＿＿＿＿＿＿＿＿＿＿＿＿

周海平今年上初中二年級。他們學校每個學期都爲學生安排五花八門的課外活動。他參加了學校的網球隊。網球隊每星期活動兩次，每次活動一個小時。他們還常常參加網球比賽。上個星期六他們隊跟兩所中學的網球隊比賽，最後他們得了第一名。

True or false?

( )(1) 周海平是中學生。

( )(2) 他們學校每學期只有五種課外活動。

( )(3) 他是網球隊的隊員。

( )(4) 他們網球隊常常去比賽。

( )(5) 上星期六的網球賽，他們隊得了第一。

8 Answer the following questions.

(1) 你有什麼愛好？

(2) 你喜歡聽古典音樂嗎？

(3) 你愛玩電腦遊戲嗎？

(4) 你每天要做作業嗎？要做幾個小時的作業？

(5) 你會彈鋼琴嗎？

(6) 你每天看電視嗎？

(7) 你有沒有參加學校的課外活動？

(8) 你唱過卡拉 OK 嗎？

(9) 你吃過月餅嗎？

(10) 今年的中秋節是哪一天？

9   Translation.

(1) I have many hobbies.

(2) I like playing football most.

(3) After finishing my dinner, I will go to watch a movie.

(4) Mum likes listening to the music while cooking.

(5) Apart from America, I have been to England, France, Germany and Japan.

(6) I like both classical and pop music.

(7) She plays the violin for twenty minutes everyday.

(8) I lived in Beijing for three years when I was little.

10   Reading comprehension.

張子亮家一共有五口人：爸爸、媽媽、哥哥、弟弟和他。他家裏每個人的愛好都不同。爸爸愛打高爾夫球，他每星期六都打一個下午的高爾夫球。媽媽愛打網球，她打得很不錯。哥哥喜歡踢足球，他常常跟朋友一起去踢足球。弟弟喜歡畫畫兒，還喜歡看電視。張子亮自己喜歡游泳和彈鋼琴，他從七歲開始學彈鋼琴。

Answer the questions.

(1) 張子亮的爸爸一星期打幾次高爾夫球？

(2) 他媽媽打網球打得怎麼樣？

(3) 他哥哥有什麼愛好？

(4) 除了畫畫兒，他弟弟還喜歡什麼？

(5) 張子亮從幾歲開始學彈鋼琴？

第四單元　課程

第十一課　我們八點一刻上課

1 Write the pinyin and the meanings of the following phrases.

(1) 起床 _____ _____

(2) 洗臉 _____ _____

(3) 洗澡 _____ _____

(4) 睡覺 _____ _____

(5) 平時 _____ _____

(6) 通常 _____ _____

(7) 買東西 _____ _____

(8) 聽音樂 _____ _____

(9) 做作業 _____ _____

(10) 刷牙 _____ _____

2 Answer the questions according to the pictures.

他早上幾點起床？
他早上七點起床。

他幾點開始上課？
_____

他中午幾點吃午飯？
_____

他下午幾點放學？
_____

他幾點吃晚飯？
_____

他晚上幾點睡覺？
_____

3 Fill in the blanks with the words in the box.

從來不　通常　平時　有時候　每天　總是　經常

(1) 他 ＿＿＿＿ (never) 運動。

(2) 我 ＿＿＿＿ (often) 在學校買午飯吃。

(3) 他弟弟 ＿＿＿＿ (everyday) 都玩電腦遊戲。

(4) 她 ＿＿＿＿ (usually) 晚上九點半上床睡覺。

(5) 夏天香港 ＿＿＿＿ (sometimes) 颳颱風。

(6) 他 ＿＿＿＿ (everyday) 穿西裝上班。

(7) 上課的時候，他 ＿＿＿＿ (always) 説話。

(8) 他 ＿＿＿＿ (normally) 坐校車上學。

(9) 爸爸是商人。他 ＿＿＿＿ (often) 去北京。

(10) 媽媽 ＿＿＿＿ (never) 吃早飯。

4 Translation.

(1) 他早上天一亮就起床。

(2) 老師一來，他們就不説話了。

(3) 他們一下飛機就到酒店去了。

(4) 他一有時間就看書。

(5) 她一做作業就想睡覺。

(6) 校長一到，我們就開會。

(7) 天氣一暖和，他就開始游泳。

5 Answer the following questions.

(1) 你一起床就吃早飯嗎?

(2) 你每天一放學就回家嗎?

(3) 你一回家就做作業嗎?

(4) 你平時一做完作業就上網嗎?

(5) 你每天在同一個時間睡覺嗎?

(6) 你每天睡幾個小時的覺?

6 Fill in the blanks with "了" when necessary.

(1) 他們在香港住 ＿＿＿＿ 二十年＿＿＿＿。他們很喜歡住在這裏。

(2) 我爸爸去北京＿＿＿＿。他下星期一回來。

(3) 我弟弟每天玩電腦遊戲＿＿＿＿。他每天要玩兩個小時的電腦遊戲。

(4) 他看電視看＿＿＿＿三個小時＿＿＿＿。他不想再看了。

(5) 他們每個星期日都有足球比賽＿＿＿＿。

(6) 他們一家人每年都去美國度假＿＿＿＿。

(7) 她學彈鋼琴學 ＿＿＿＿ 三年＿＿＿＿，但是她還是彈得不好。

7 Read the following passages. Then write about your weekend in Chinese.

❶ 周末我通常十點起床。起床後先吃早飯，然後看電視。下午我有時候出去踢足球，有時候出去找朋友玩。晚上回家後看電視、玩電腦、上網。我十一點睡覺。

❷ 我周末通常八點鐘起床。起床後洗澡、吃早飯。吃完早飯以後上鋼琴課。下午我通常跟朋友一起出去玩兒、去買東西。晚上在家做作業。

你通常怎麼過周末？ ＿＿＿＿＿＿＿＿＿＿＿＿＿＿＿＿＿＿＿＿

＿＿＿＿＿＿＿＿＿＿＿＿＿＿＿＿＿＿＿＿＿＿＿＿＿＿＿＿

＿＿＿＿＿＿＿＿＿＿＿＿＿＿＿＿＿＿＿＿＿＿＿＿＿＿＿＿

8 Group the words according to their radicals.

(1) 忄 ___ ___ (7) 月 ___ ___

(2) 辶 ___ ___ (8) 宀 ___ ___

(3) 言 ___ ___ (9) 食 ___ ___

(4) 目 ___ ___ (10) 阝 ___ ___

(5) 广 ___ ___ (11) 彡 ___ ___

(6) 刂 ___ ___ (12) 氵 ___ ___

忙	還	話	庭	慢	睡
臉	澡	寒	床	陰	刷
餅	通	賽	朋	洗	彩
刻	看	餃	課	影	除

9 Give the meanings of the following phrases.

① 平 {
平安
平常
平地
平臺
平裝書
和平
水平
太平門
一路平安
}

② 洗 {
洗頭
洗臉
洗澡
洗菜
洗衣服
洗衣店
洗手間
洗衣機
}

④ 睡 {
睡衣
睡帽
睡覺
睡午覺
}

⑤ 刷 {
刷子
毛刷
鞋刷
牙刷
}

③ 床 {
鐵床
木床
}

⑥ 買 {
買東西
買菜
}

10 Translation.

(1) 他們家沒有洗衣機。他們通常去洗衣店洗衣服。

(2) 西裝、套裝不能放在洗衣機裏洗。

(3) 我的羊毛衫可以手洗，但是要用冷水洗。

(4) 他的漢語水平很高，他漢語説得很流利。

(5) 這次比賽兩個籃球隊打了平手。

(6) 這個國家不大，只有500多平方公里。

11 Translation.

(1) 哥哥去踢足球了。

(2) 他滑冰滑了一個上午，他還不想回家。

(3) 他每天拉半個小時的小提琴。

(4) 她喜歡一邊彈琴一邊唱歌。

(5) 他每天做完作業後玩電腦。

(6) 他們一家人在美國住了十年了。

(7) 天氣開始轉涼了。

(8) 媽媽一到家就做飯。

12 Translation. Pay special attention to the underlined words.

(1) 你們什麼時候開學？

(2) 你周末早上通常幾點起床？

(3) 你每天做幾個小時的作業？

(4) 你在北京玩了幾天？

(5) 他們一家人在加拿大住了幾年？

(6) 你們暑假放幾個星期？

(7) 他每天玩多長時間的電腦？

(8) 你哪天去英國度假？

(9) 你們會在英國住多長時間？

(10) 你通常幾點睡覺？

13 Reading comprehension.

周平今年十三歲，上初中二年級。他在西安第三中學上學。他每天早上七點半上學，八點開始上課。他每天上六節課，上午上四節課，下午上兩節課，下午四點放學。他今年參加了學校的足球隊和乒乓球隊。他每星期二、四下午放學以後有活動。除了打球以外，周平還喜歡寫毛筆字和畫國畫。他每天晚上先做作業，然後看一會兒電視。他九點半睡覺。

Answer the questions.

(1) 周平今年上幾年級？

(2) 他在哪兒上學？

(3) 他每天早上幾點開始上課？

(4) 他每天上幾節課？

(5) 他下午幾點放學？

(6) 他有什麼愛好？

(7) 他通常晚上做什麼？

(8) 他晚上幾點睡覺？

14 Answer the following questions.

(1) 你每天早上幾點起床？

(2) 你每天幾點開始上課？

(3) 你每天上幾節課？

(4) 你中午在學校買午飯吃嗎？

(5) 你們幾點放學？你通常幾點回家？

(6) 你一到家先做什麼？

(7) 你每天都看電視嗎？你通常看幾個小時的電視？

(8) 你每天都有作業要做嗎？你通常做幾個小時的作業？

15 Complete the passage according to the schedule given.

 起床    吃早飯    去上學

 上課   ⑤ 12:30 13:30 吃午飯

⑥ 放學   ⑦ 到家   ⑧ 吃晚飯

⑨ 19:00 20:00 看電視   ⑩ 做作業   ⑪ 睡覺

雷明每天早上 <u>六點三刻</u> 起床。起床以後他先刷牙，然後洗澡。他 _____ 吃早飯。吃完早飯以後，他 _____ 騎車去上學。他們 _____ 開始上課。他在學校買午飯吃。他們吃午飯的時間是從 _____ 到 _____。他們 _____ 放學。他總是 _____ 到家。一到家他就先吃點兒東西。他家 _____ 吃晚飯。吃完晚飯以後，他通常看 _____ 的電視。他平時 _____ 開始做作業。他通常做一個半小時的作業。他 _____ 睡覺。

16 Read the letter below.

親愛的筆友：你好！

我叫天新，是英國人。我今年十二歲，上八年級。我有一個姐姐、一個哥哥，他們都是大學生。我爸爸、媽媽都工作。爸爸是工程師，媽媽是英語老師。

我在學校學漢語。我學漢語學了五年了。我還會說德語、法語和一點兒西班牙語。我有很多愛好。我喜歡打球、聽音樂、看電影等等。

我每天早上七點起床，然後吃早飯。我坐校車上學。我每天上八節課。每天放學以後，我都有課外活動。我通常五點左右到家。到家以後，我先做作業，然後看一個小時的電視，有時候再玩一會兒電腦。我通常十點左右睡覺。好了，不多寫了。

張天新

2000 年 3 月 6 日

Answer the questions.

(1) 天新家有幾口人？

(2) 天新在哪兒學漢語？

(3) 他學漢語學了多長時間了？

(4) 天新有什麼愛好？

(5) 除了漢語以外，他還會說什麼語言？

(6) 天新晚上通常做什麼？

(7) 他每天晚上睡幾個小時的覺？

閱讀（十）茶

1 Finish the spidergram below.

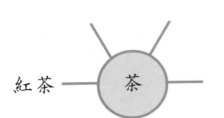

紅茶 ── 茶

2 True or false?

( ) (1) 中國人最早認識茶。

( ) (2) 最先飲茶的是中國人。

( ) (3) 茶葉有很多品種。

( ) (4) 烏龍茶是一種茶。

( ) (5) 紅茶是黑色的。

3 Give the meanings of the following phrases.

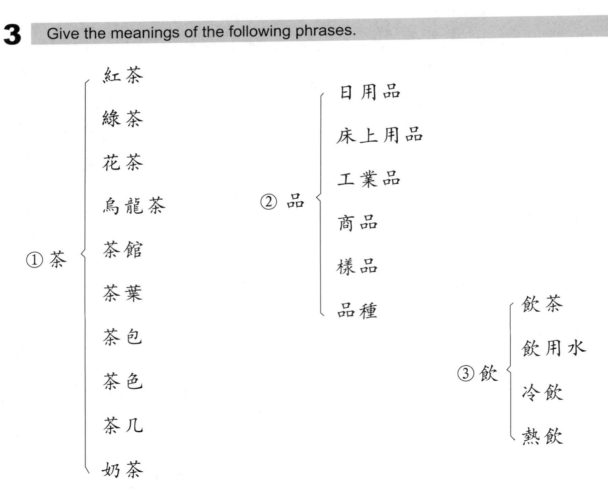

① 茶
- 紅茶
- 綠茶
- 花茶
- 烏龍茶
- 茶館
- 茶葉
- 茶包
- 茶色
- 茶几
- 奶茶

② 品
- 日用品
- 床上用品
- 工業品
- 商品
- 樣品
- 品種

③ 飲
- 飲茶
- 飲用水
- 冷飲
- 熱飲

第十二課　我今年學十二門課

1　Write the pinyin and the meanings of the following phrases.

(1) 歷史 ＿＿＿＿＿＿ ＿＿＿＿＿＿

(2) 數學 ＿＿＿＿＿＿ ＿＿＿＿＿＿

(3) 科學 ＿＿＿＿＿＿ ＿＿＿＿＿＿

(4) 地理 ＿＿＿＿＿＿ ＿＿＿＿＿＿

(5) 音樂 ＿＿＿＿＿＿ ＿＿＿＿＿＿

(6) 體育 ＿＿＿＿＿＿ ＿＿＿＿＿＿

(7) 美術 ＿＿＿＿＿＿ ＿＿＿＿＿＿

(8) 電腦 ＿＿＿＿＿＿ ＿＿＿＿＿＿

(9) 家政 ＿＿＿＿＿＿ ＿＿＿＿＿＿

(10) 戲劇 ＿＿＿＿＿＿ ＿＿＿＿＿＿

(11) 班會 ＿＿＿＿＿＿ ＿＿＿＿＿＿

(12) 外語 ＿＿＿＿＿＿ ＿＿＿＿＿＿

2　Write one sentence for each picture.

文安早上六點半起床。

3 Match the school subjects with the pictures.

(a) 音樂　(b) 地理　(c) 戲劇　(d) 數學　(e) 英語　(f) 科學　(g) 德語

(h) 電腦　(i) 美術　(j) 體育　(k) 歷史　(l) 家政　(m) 日語

4 Rearrange the sentences into a paragraph according to the English translation.

(1) 他一共學十門課。

(2) 天樂每星期三有課外活動。

(3) 天樂上八年級。

(4) 他學數學、英語、德語、漢語、科學、歷史、地理、美術、音樂和體育。

(5) 他從小就喜歡唱歌。

(6) 他每天早上七點半上學，下午三點半放學。

(7) 除了唱歌，他還喜歡游泳。

(8) 他參加了學校的合唱隊。

Tianyue is in year 8. He studies 10 subjects. He studies Mathematics, English, German, Chinese, Science, History, Geography, Art, Music and PE. He goes to school at 7:30 and finishes school at 3:30 everyday. Tianyue has an extracurricular activity every Wednesday. He has joined the school choir. He has loved singing since he was small. Besides singing, he also loves swimming.

5 Ask a question for each answer.

(1) 我們學校今年九月二號開學。（什麼時候）
　　→你們學校今年什麼時候開學？

(2) 我通常早上六點半起床。（幾點）

(3) 他每天做一個半小時的作業。（幾個小時）

(4) 弟弟通常晚上十點睡覺。（幾點）

(5) 他每天玩兩個小時的電腦遊戲。（多長時間）

(6) 我們一家在澳大利亞住過七年。（幾年）

6 Write out your timetable in Chinese.

時間	星期一	星期二	星期三	星期四	星期五
課外活動					

7 Fill in the blanks with the conjunction words in the box.

跟⋯⋯一起　　一邊⋯⋯一邊⋯⋯　　因為⋯⋯,所以⋯⋯

又⋯⋯又⋯⋯　　一⋯⋯就⋯⋯

(1) 他每天放學以後都 _____ 同學 _____ 去踢足球。

(2) 這幾天天氣真不好，_____ 颱風 _____ 下雨。

(3) 弟弟喜歡 _____ 吃飯 _____ 看電視，所以他吃飯吃得很慢。

(4) 明天我 _____ 看完電影 _____ 回家。

(5) _____ 明天是星期六，_____ 我今天可以晚睡覺。

118

8 Read the text below. Then write a passage about one of your school days.

星期二	
8:25-9:00	英語
9:00-9:40	英語
9:40-9:55	休息
9:55-10:30	數學
10:30-11:10	數學
11:10-11:35	休息
11:35-12:10	音樂
12:10-12:50	體育
12:50-13:55	午飯
13:55-14:30	歷史
14:30-15:10	地理
15:30-17:00	課外活動：籃球

今天星期二，我有八節課。我八點二十五分開始上課。第一、第二節是英語課，然後休息十五分鐘。第三、第四節是數學課，然後再休息二十五分鐘。第五節課是音樂，第六節課是體育。我中午休息一個小時零五分鐘。我通常在學校買午飯吃。下午我上兩節課，第七節課是歷史，第八節課是地理。我三點十分放學。星期二我有課外活動。我參加了學校的籃球隊，我們每星期活動一次，從三點半到五點，然後我走路回家。

9 Make up phrases.

(1) 身體 → 體＿＿＿＿

(2) ＿＿＿語 → 語言

(3) ＿＿＿班 → 班會

(4) ＿＿＿腦 → 腦子

(5) ＿＿＿生 → 生物

(6) 中秋 → 秋＿＿＿＿

(7) ＿＿＿樂 → 樂隊

(8) ＿＿＿西 → 西安

10 Answer the following questions.

(1) 你今年多大了？

(2) 你上幾年級？

(3) 你今年學幾門課？

(4) 你喜歡上什麼課？

(5) 你不喜歡上什麼課？

(6) 你今天上幾節課？
上什麼課？

(7) 你們有課間休息嗎？

(8) 你們中午休息多長時間？

(9) 你哪天有數學課？

(10) 你們學校有戲劇課嗎？

(11) 你每星期上幾節漢語課？

(12) 你哪天放學以後有課外活動？

(13) 你有什麼愛好？

(14) 你會不會彈琴？

(15) 你喜歡打球嗎？
喜歡打什麼球？

(16) 你通常周末做什麼？

11 Give the meanings of the following phrases.

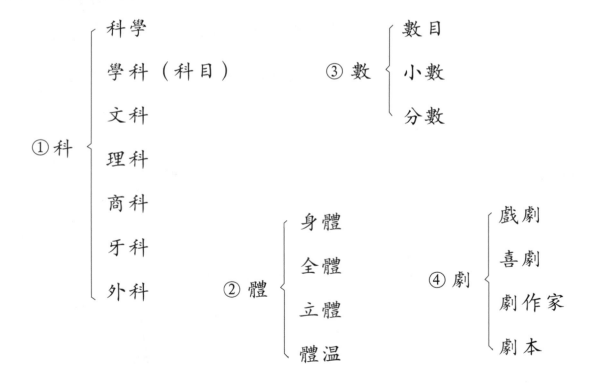

①科
科學
學科（科目）
文科
理科
商科
牙科
外科

②體
身體
全體
立體
體温

③數
數目
小數
分數

④劇
戲劇
喜劇
劇作家
劇本

12 Reading comprehension.

張圓圓今年十二歲，上中學一年級。她今年學十門課：數學、中文、科學、歷史、地理、電腦、音樂、美術、體育和英語。她每星期二還有一節班會。張圓圓最喜歡的科目是英語。她媽媽是英語老師，所以她從小就開始學英文字母，唱英文歌。現在她可以看英文小人書，也可以用英文會話，她還常常參加英語比賽。

True or false?

( )(1) 張圓圓不學家政。

( )(2) 張圓圓每星期有一節班會。

( )(3) 她英語學得很好。

( )(4) 她的父母都是英語老師。

( )(5) 她只會看英文小人書，不會說英語。

( )(6) 她常常參加漢語比賽。

13 Rewrite the sentences.

(1) 我每天放學三點。 → 我每天三點放學。

(2) 他早上星期天有鋼琴課。 →

(3) 我家住過五年在北京。 →

(4) 哥哥打網球今天下午。 →

(5) 爸爸開車上班每天。 →

14 Translation.

(1) 李先生這幾天身體不好，沒來上班。

(2) 小明喜歡做數字遊戲。

(3) 我們開了一個上午的會，現在休會45分鐘。

(4) 中國有幾千年的文明歷史。

(5) 他只有四歲，可是他的體重有25公斤。

(6) 張經理這個月休假。

(7) 史醫生是個有名的外科醫生。

(8) 天勝明天動手術。

15 Find the phrases. Write them out.

歷	戲	劇	數	學
史	科	學	音	家
電	地	理	樂	政
腦	美	術	德	語

(1) _____   (6) _____

(2) _____   (7) _____

(3) _____   (8) _____

(4) _____   (9) _____

(5) _____   (10) _____

16 Translation.

(1) 她從小就喜歡跳舞。

(2) My younger brother has liked drawing since he was young.

(3) 爸爸今天一下班就回家了。

(4) I went home as soon as school finished.

(5) 我聽完音樂會就回家。

(6) I will go home right after the movie.

(7) 妹妹一吃完飯就出去玩了。

(8) My older sister went to bed right after she finished her homework.

閱讀（十一）長江和黃河

1 Write the following numbers in Chinese.

(1) 576 _____

(2) 46 _____

(3) 178 _____

(4) 1198 _____

(5) 8705 _____

(6) 1194 _____

2 True or false?

( )(1) 長江比黃河長。

( )(2) 長江是世界第一大河。

( )(3) 黃河全長5400多公里。

( )(4) 黃河是中國文化的搖籃。

3 Give the meanings of the following phrases.

①全 ｛ 全世界 全年 全家 全校 全班 全國 全球 全長 全體師生

②化 ｛ 化石 化學 綠化 美化 老化 文化

③河 ｛ 河南 河北 河流 河水 黃河 銀河

第十三課　她喜歡上化學課

1
Write the pinyin and the meanings of the following phrases.

(1) 難 ＿＿＿＿＿＿＿ ＿＿＿＿＿＿＿

(2) 容易 ＿＿＿＿＿＿＿ ＿＿＿＿＿＿＿

(3) 覺得 ＿＿＿＿＿＿＿ ＿＿＿＿＿＿＿

(4) 有意思 ＿＿＿＿＿＿＿ ＿＿＿＿＿＿＿

(5) 感興趣 ＿＿＿＿＿＿＿ ＿＿＿＿＿＿＿

(6) 化學 ＿＿＿＿＿＿＿ ＿＿＿＿＿＿＿

(7) 物理 ＿＿＿＿＿＿＿ ＿＿＿＿＿＿＿

(8) 科學家 ＿＿＿＿＿＿＿ ＿＿＿＿＿＿＿

(9) 嚴格 ＿＿＿＿＿＿＿ ＿＿＿＿＿＿＿

(10) 教 ＿＿＿＿＿＿＿ ＿＿＿＿＿＿＿

2
Match the sentences in column A with the ones in column B.

A

(1) 哥哥喜歡上生物課，

(2) 弟弟喜歡上戲劇課，

(3) 我最愛上數學課，

(4) 他不喜歡上物理課，

(5) 她非常喜歡上化學課，

(6) 他同學最不喜歡上體育課，

(7) 爸爸今晚會很晚回家，

(8) 他想去醫科大學學醫，

(9) 田明不喜歡上電腦課，

(10) 小方最喜歡上音樂課，

B

(a) 因爲數學老師很有趣。

(b) 因爲他對生物很感興趣。

(c) 因爲化學老師教得生動。

(d) 因爲戲劇課没有作業。

(e) 因爲他今天很忙。

(f) 因爲他想當一個醫生。

(g) 因爲他不愛運動。

(h) 因爲電腦課老師對學生太嚴格。

(i) 因爲他覺得物理太難了。

(j) 因爲她會彈琴、唱歌。

3 Reading comprehension.

① 田老師是地理老師，他是個好老師。他在這所學校教了三十多年了。他上的地理課很生動，同學們都喜歡上他的課。他對學生很嚴格，但同時對學生又很好。

② 馬老師是數學老師。同學們都叫他"不可以"老師，沒有一個同學喜歡他。上課的時候他總是說：

"上課的時候不可以說話！"

"上課的時候不可以吃東西！"

"上課的時候不可以睡覺！"

"上課的時候不可以聽音樂！"

"上課的時候不可以看外邊！"

True or false?

( )(1) 田老師是物理老師。

( )(2) 田老師教化學教得很好。

( )(3) 田老師對學生不嚴格。

( )(4) 很多學生喜歡上馬老師的課。

( )(5) 上數學課的時候，學生們可以吃東西。

( )(6) 馬老師對學生太嚴格，學生們都不喜歡他。

4 Fill in the blanks with the words in the box.

的　　得

(1) 北京是中國＿＿＿首都。

(2) 中國＿＿＿歷史很長。

(3) 他新買＿＿＿鋼琴是日本出＿＿＿。

(4) 他打籃球打＿＿＿很好。

(5) 她游泳游＿＿＿最快了。

(6) 他畫＿＿＿花像真＿＿＿一樣。

(7) 爸爸＿＿＿汽車是紅色＿＿＿。

(8) 張老師教英語教＿＿＿很有趣。

(9) 他爸爸説漢語説＿＿＿很流利。

5 Read the passage first. Then fill in the form in Chinese.

姓名：＿＿＿＿＿＿

學校：＿＿＿＿＿＿

今年學的科目：

＿＿＿＿＿＿＿＿＿＿

＿＿＿＿＿＿＿＿＿＿

喜歡的科目：＿＿＿＿＿＿

＿＿＿＿＿＿＿＿＿＿

爲什麼：＿＿＿＿＿＿＿

不喜歡的科目：＿＿＿＿＿

爲什麼：＿＿＿＿＿＿＿

我叫方四海，今年十五歲，上高中一年級。我在京西中學上學。京西中學是一所中文學校。我今年學十門課：中文、英文、物理、生物、化學、數學、音樂、體育、美術和電腦。我非常喜歡上數學、化學、生物、物理和電腦課，因爲我對理科感興趣，我覺得理科很有用。我不喜歡學語言，所以我不喜歡上中文和英文課，我覺得語言很難學。

126

6 Look at the timetable below.

課 程 表

時間＼星期	一	二	三	四	五
8:30 -- 9:15	中文	外語	中文	化學	中文
9:25 -- 10:10	化學	數學	歷史	中文	數學
10:20 -- 11:05	數學	地理	數學	數學	美術
11:15 -- 12:00	體育	中文	美術	外語	歷史
午間休息					
1:15 -- 2:00	外語	電腦	物理	地理	電腦
2:10 -- 2:55	物理	音樂	體育	電腦	班會
3:00 -- 4:30 課外活動	籃球	足球	樂隊	／	游泳

我叫李政。我在一間中文學校上學。我上初中一年級。這是我的課程表。

Answer the questions.

(1) 李政今年上幾年級？

(2) 他在中文學校還是在英文學校上學？

(3) 他每星期上多少節課？

(4) 他今年學幾門課？

(5) 他哪天有美術課？

(6) 他每天都有數學課嗎？

(7) 他星期一第二節上什麼課？

(8) 他每星期有幾節外語課？

(9) 他們哪天有班會？

(10) 他哪天沒有課外活動？

(11) 他每天幾點放學？

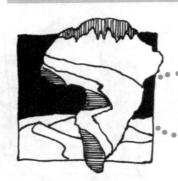

① 地理不難學，但是沒有意思。

法語很容易學。我們的老師教課教得生動、有趣。

②

③ 漢語很難學，但是很有用。漢語的口語難，寫字也難，但是我喜歡學漢語。

我不喜歡上美術課，因為我不會畫畫兒。我對畫畫兒沒有興趣。

④

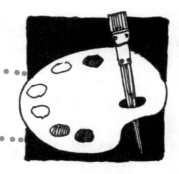

⑤ 體育

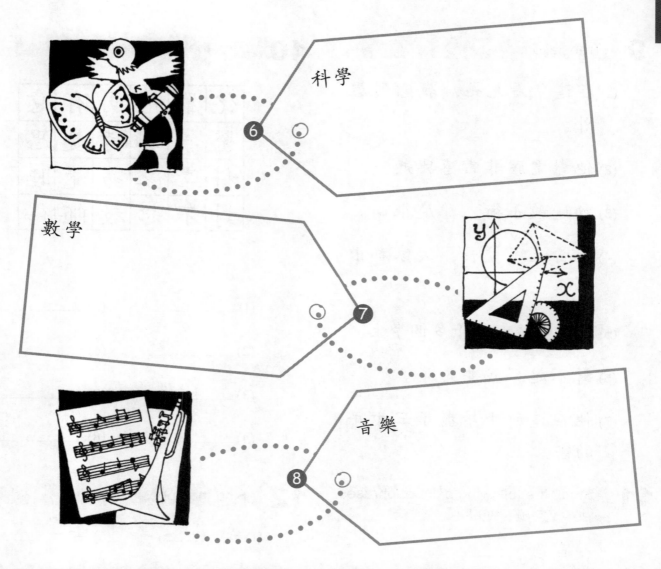

13

8 Give the meanings of the following phrases.

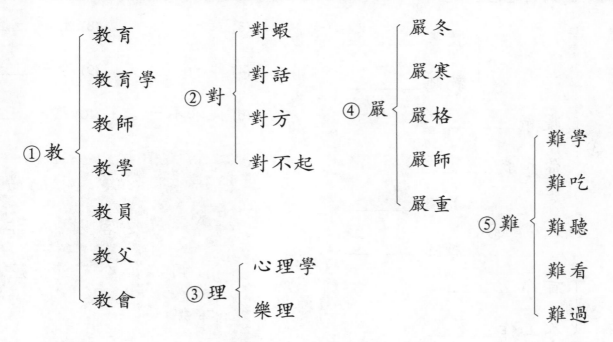

① 教 教育
教育學
教師
教學
教員
教父
教會

② 對 對蝦
對話
對方
對不起

③ 理 心理學
樂理

④ 嚴 嚴冬
嚴寒
嚴格
嚴師
嚴重

⑤ 難 難學
難吃
難聽
難看
難過

9 Translation.

(1) 在這兒看見她，我感到意外。

(2) 他對電腦非常感興趣。

(3) 動這種手術，難度很高。

(4) 他當上了校長，大家都很高興。

(5) 這間學校有一千多個學生。

(6) 對不起，我要走了。

(7) 他在這所小學教了三十年的書。

10 Find the phrases. Write them out.

化	嚴	格	同	有	意
醫	學	容	時	趣	思
科	學	家	易	覺	睡
對	不	起	教	師	得

(1) _____   (5) _____

(2) _____   (6) _____

(3) _____   (7) _____

(4) _____   (8) _____

11 Study the following pairs of phrases. Give the meanings.

① 睡覺 _____
　 覺得 _____

② 教書 _____
　 教師 _____

③ 暖和 _____
　 你和我 _____

④ 品種 _____
　 種茶 _____

⑤ 首都 _____
　 都工作 _____

12 Find the opposites.

(1) 是 → ___   (6) 古 → ___

(2) 對 → ___   (7) 有用 → ___

(3) 長 → ___   (8) 上課 → ___

(4) 難 → ___   (9) 冷 → ___

(5) 從來不 → ___   (10) 陰 → ___

(a) 錯   (b) 總是   (c) 陽

(d) 熱   (e) 容易   (f) 非

(g) 沒用   (h) 今   (i) 短

(j) 下課

閱讀 (十二) 京劇

1 Match the Chinese with the English.

(1) 生   (a) female roles

(2) 旦   (b) clowns

(3) 淨   (c) male roles

(4) 丑   (d) painted faces

2 True or false?

( ) (1) 中國的國劇是京劇。

( ) (2) 京劇的歷史很長。

( ) (3) 京劇中的角色主要有四種。

( ) (4) 京劇也叫歌劇。

3 Give the meanings of the following phrases.

① 劇 ⎰ 京劇 / 歌劇 / 話劇

② 類 ⎰ 種類 / 人類 / 同類 / 鳥類 / 球類運動

③ 丑 ⎰ 丑角 / 小丑

4 Give the meaning of each word.

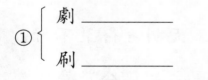

① ⎰ 劇 _____ / 刷 _____

② ⎰ 箏 _____ / 淨 _____

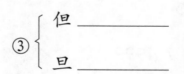

③ ⎰ 但 _____ / 旦 _____

④ ⎰ 用 _____ / 角 _____

第十四課　他不怕考試

1　Find the odd one out.

(1) 洗臉　　洗衣服　　洗澡　　洗手

(2) 紅茶　　茶葉　　黃河　　綠茶

(3) 長江　　南海　　京劇　　黃河

(4) 文化　　英文　　法文　　德文

(5) 生動　　老師　　有趣　　有意思

(6) 角色　　黑色　　棕色　　紫色

2　Write the following numbers and dates in Chinese.

(1)	6521
(2)	December 5, 2001
(3)	26
(4)	78
(5)	234
(6)	1245
(7)	July 7, 1999
(8)	January 1, 2001
(9)	October 20, 1997

3　True or false?

英語考試得分
（60分以上及格）

李西	86分
王天明	35分
張再思	72分
張小東	59分
牛大力	47分
馬文星	94分
溫小紅	74分

( )(1) 三個同學及格了。

( )(2) 三個同學沒有及格。

( )(3) 李西考得最好。

( )(4) 王天明考得最不好。

( )(5) 馬文星得分最高。

( )(6) 溫小紅得了第三名。

( )(7) 一共七個同學參加了考試。

4 Circle the right word.

(1) 他數學老／考得不錯。

(2) 我不白／怕考試。

(3) 她可能中文不及／級格。

(4) 他作／昨天晚上夏／複習
到十一點鐘／種。

(5) 中國是最早種／鍾茶的國家。

(6) 最近／運我們有／友很多
考試。

(7) 京刷／劇中的用／角色主
要有四種。

(8) 黃河是中國文花／化的搖
籃／藍。

(9) 他從來不吃早飲／飯。

(10) 長江全長六千三白／百
多公里。

5 Rewrite the sentences.

(1) 化學、物理，我喜歡都。　→　化學、物理，我都喜歡。

(2) 除了生物以外，還我喜歡數學。　→

(3) 每天一放學就我回家。　→

(4) 她喜歡做功課一邊聽音樂一邊。　→

6 Find the phrases. Write them out.

複	數	化	考	嚴
習	學	用	試	格
及	格	功	最	容
以	前	課	近	易

(1) _____ (5) _____ (9) _____

(2) _____ (6) _____ (10) _____

(3) _____ (7) _____

(4) _____ (8) _____

7 Look at the exam timetable. Finish the following sentences.

期末考試時間表

日期＼年級	十一年級	十二年級	十三年級
1月4日上午	數學	生物	歷史
1月6日下午	家政	地理	漢語(口試)
1月9日上午	漢語(聽力)	物理(實驗)	物理
1月10日下午	電腦	數學	化學
1月15日下午	地理	英語(寫作)	數學

(1) 1月4日上午，十一年級同學考＿＿＿＿＿。

(2) 1月6日下午，十三年級同學考＿＿＿＿＿。

(3) 1月9日上午，十二年級同學考＿＿＿＿＿。

(4) 1月10日下午，十一年級同學考＿＿＿＿＿。

(5) 1月13日下午，十二年級同學考＿＿＿＿＿。

8 Answer the following questions.

(1) 你今年學幾門課？哪幾門課？

(2) 你今天上幾節課？上什麼課？

(3) 你最喜歡上什麼課？爲什麼？

(4) 你最喜歡哪個老師？爲什麼？

(5) 你最近有沒有考試？考什麼？

(6) 你平時哪門課考得最好？

(7) 你平時哪門課考得最不好？

(8) 你以後想當什麼？

9 Give the meanings of the following phrases.

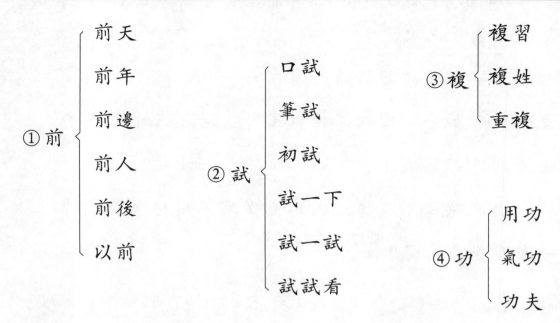

① 前　前天　前年　前邊　前人　前後　以前

② 試　口試　筆試　初試　試一下　試一試　試試看

③ 複　複習　複姓　重複

④ 功　用功　氣功　功夫

10 Put the following books into categories of subjects.

(a) 《學做中國菜》

(b) 《流行音樂》

(c) 《中國歷史》

(d) 《古典音樂》

(e) 《漢語口語》

(f) 《油畫》　　　(k) 《高等數學》

(g) 《初級漢語》　(l) 《水彩畫》

(h) 《世界歷史》　(m) 《國畫》

(i) 《英語對話》　(n) 《吃在中國》

(j) 《分數》　　　(o) 《法國大菜》

科目

(1) 歷史 ___C_____

(2) 數學 _____

(3) 英文 _____

(4) 漢語 _____

(5) 音樂 _____

(6) 美術 _____

(7) 家政 _____

11 Translation.

(1) 我見過她爸爸兩次。

(2) 這次你來英國應該好好看一看，玩一玩。

(3) 這是他爺爺第一次回國。他在國外生活了三十五年了。

(4) 我去過北京好幾次了。

(5) 小明每次考試都不及格，因爲他從來不用功學習。

(6) 你一年有幾次考試？

12 True or false?

星期一課外活動表

中午 12:50-1:50	
籃球隊	英語學習
數學興趣班	電腦興趣班
游泳班	學校合唱隊
下午 3:20-4:30	
學校樂隊	足球隊
國畫、書法班	廣東話班
普通話班	網球隊

( )(1) 星期一中午學校合唱隊有活動。

( )(2) 星期一中午籃球隊沒有活動。

( )(3) 你星期一中午可以參加電腦興趣班。

( )(4) 星期一中午學校樂隊有活動。

( )(5) 你星期一下午放學以後可以學廣東話。

( )(6) 籃球隊、足球隊和網球隊的活動都在星期一。

13 Fill in the information about yourself and your school.

14

Example

校名：英明中學

學生姓名：張木

年級：十年級

學生總人數：970

老師人數：68

今年學的科目：數學、物理、
化學、英文、中文、歷史、
地理、美術、音樂、體育、
家政、生物

這個學期參加的課外活動：
籃球
數學興趣班
國畫、書法班

感興趣的科目：
數學、物理、英文

不感興趣的科目：
地理、音樂

校名：＿＿＿＿＿＿＿＿＿＿

學生姓名：＿＿＿＿＿＿＿＿

年級：＿＿＿＿＿＿＿＿＿

學生總人數：＿＿＿＿＿＿

老師人數：＿＿＿＿＿＿

今年學的科目：

＿＿＿＿＿＿＿＿＿＿＿＿

＿＿＿＿＿＿＿＿＿＿＿＿

＿＿＿＿＿＿＿＿＿＿＿＿

這個學期參加的課外活動：

＿＿＿＿＿＿＿＿＿＿＿＿

＿＿＿＿＿＿＿＿＿＿＿＿

＿＿＿＿＿＿＿＿＿＿＿＿

感興趣的科目：

＿＿＿＿＿＿＿＿＿＿＿＿

不感興趣的科目：

＿＿＿＿＿＿＿＿＿＿＿＿

14 Interview your partner. Write down the answers.

Questions	Answers
(1)你平時考試多不多?	我平時考試不多。
(2)你怕不怕考試?	
(3)你最近考了什麼?	
(4)你經常寫英文作文嗎?	
(5)你每天複習功課嗎?	
(6)你每天作業多嗎?	
(7)你學習用功嗎?	
(8)你考試經常得高分嗎?	
(9)你考試以前複習嗎?	
(10)你最近的一次考試得了多少分?	

15 Match the people with the books they might buy.

(1) 爸爸是美術老師。
　f＿＿＿＿＿＿＿＿＿＿

(2) 媽媽喜歡買衣服、做飯。
＿＿＿＿＿＿＿＿＿＿

(3) 姐姐想去美國上大學。
＿＿＿＿＿＿＿＿＿＿

(4) 我最喜歡動物。
＿＿＿＿＿＿＿＿＿＿

(a) 《時裝》　　(f) 《中國畫》

(b) 《美國名校》　(g) 《北京小吃》

(c) 《大熊貓》　(h) 《世界美術史》

(d) 《動物世界》　(i) 《今秋時裝》

(e) 《生活在美國》　(j) 《今日美國》

16 Here are some notes kept by a student. Prepare similar notes for yourself.

姓名: 謝明	年級: 十一		學校: 港西五中
科目	最近一次考試得分		
數學	95		我喜歡數學。數學很有用，也很有趣。我每天都複習數學。
漢語		B	我喜歡學漢語，但是漢語很難學。漢字很難寫，口語也不容易。
生物	87		生物不難學，但是也不容易。我喜歡上生物課，因爲生物課很有趣。
歷史	42		我最不喜歡上歷史課。我不喜歡我們的歷史老師。他上課上得不好，對學生太嚴格了。
音樂		C	我從來都不喜歡上音樂課。我不會彈琴，也不會唱歌，能及格就行。
體育		D	我每次體育考試都不及格。我不喜歡我們的體育老師，因爲他對我不好。
課外活動	星期一、三（4:00－5:00）國畫、書法 星期五（5:00－6:00）漢語興趣班		
愛好	玩電腦遊戲、看書、畫畫兒、寫毛筆字		

生詞

第十一課　上課　起床　刷牙　洗臉　一……就……　睡覺　通常
從來不　買東西　洗澡　忙　平時　多長時間

認識　種茶　飲茶　茶葉　品種　紅茶　綠茶　烏龍茶
花茶

第十二課　十二門課　課程表　課間休息　數學　美術　地理
科學　戲劇　外語　體育　班會　家政　以上
爲什麼

長江　黃河　全長　百　公里　文化　搖籃

第十三課　化學　物理　覺得　沒有意思　難　對……(很)好　有趣
對……感興趣　容易　當　科學家　教書　生物
生動　對……嚴格　同時

京劇　國劇　只有　角色　生　旦　淨　丑　類

第十四課　怕　考試　複習　學習　功課　用功　得……分　得意
不及格　高興　以前　最近

總複習

1. Daily routines

① 起床
刷牙
洗臉
洗澡
吃飯
睡覺

② 上學
上課
下課
課間休息
放學
課外活動
做作業（功課）
買午飯

2. School subjects

① 外語
西班牙語
歷史
地理
體育
音樂
家政
美術
戲劇

② 科學
數學
物理
化學
生物

3. Comments on school subjects and teaching

① 科目
（不）難學
（不）容易
（不）好學
（沒）有用
有趣
（沒）有意思
對……（不）感興趣

② 老師
嚴格
上課生動
對學生好
教得好

4. Exams and grades

考試得分 ┬ 及格
         ├ 不及格
         ├ 得⋯⋯分
         └ 高分

5. Chinese culture

中　國　文　化

茶葉	紅茶、綠茶、花茶、烏龍茶等
主要河流	長江：6300多公里；黃河：5400多公里
京劇	角色：生、旦、淨、丑

6. More verbs

教（書）　　當　　覺得　　怕　　學習　　複習　　認識

種（茶）　　飲（茶）

7. More adjectives and adverbs

平時　　通常　　同時　　最近　　從來不　　高興　　得意

用功　　忙

8. Conjunctions and set phrases

    (1) 一……就……　　(a) 他一考試就怕。

    　　　　　　　　　　(b) 他一怕就考不好。

    (2) 對……感興趣　　(a) 我對數學不感興趣。

    　　　　　　　　　　(b) 弟弟對音樂非常感興趣。

9. Grammar

    (1) "了" used to mean progress up to the present

            (a) 他教書教了三十年了。

            (b) 他們考試考了三個小時了。

    (2) "到" up until, up to

            (a) 到今天他還不認識 "你好" 這兩個字。

            (b) 他每天工作到晚上十二點。

10. The use of "以前", "……的時候", "以後"

    (1) 以前　　　(a) 十年以前，我們學校很少有中國學生。

    　　　　　　　(b) 去上海以前，我沒有時間去看你。

    (2) ……的時候　(a) 我們住在北京的時候常常包餃子吃。

    　　　　　　　(b) 我洗澡的時候水很冷。

    (3) 以後　　　(a) 每天起床以後，我總是先洗澡。

    　　　　　　　(b) 晚上八點以後我在家。

11. Questions and answers

(1) 你每天幾點起床？ 六點半。

(2) 你今年學幾門課？ 十三門課。

(3) 你最喜歡哪一門課？ 電腦。

(4) 你覺得哪一門課最難學？ 數學。

(5) 你最近有考試嗎？ 沒有。

(6) 你每天做作業做多長時間？ 一個半小時。

(7) 你們學校有多少師生？ 有1000多個學生，不到100個老師。

(8) 你在這兒住了幾年了？ 三年多了。

(9) 你以後想做什麼工作？ 想當兒科醫生。

(10) 你看過京劇嗎？ 看過一次。很有意思。

測驗

1 Find their partners. Give the meaning of each phrase.

| 息 | 牙 | 床 | 澡 | 覺 | 飯 |

(1) 起 _____ _____

(2) 洗 _____ _____

(3) 休 _____ _____

(4) 睡 _____ _____

(5) 刷 _____ _____

2 Find their partners. Give the meaning of each phrase.

| 術 | 理 | 育 | 劇 | 政 | 語 |

(1) 戲 _____ _____

(2) 美 _____ _____

(3) 家 _____ _____

(4) 物 _____ _____

(5) 體 _____ _____

3 Describe your typical school day in Chinese. Follow the example.

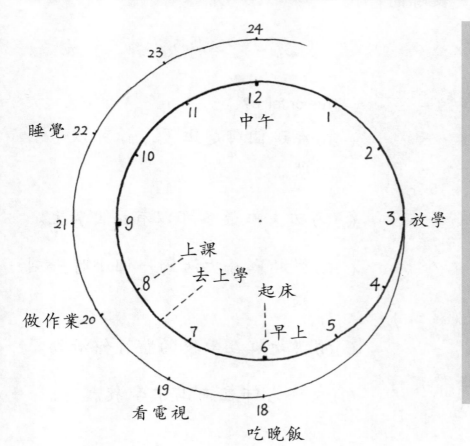

我早上六點起床。我起床以後先刷牙、洗澡，然後吃早飯。我七點半去上學，我們八點開始上課⋯⋯我晚上七點看電視，八點做作業，十點睡覺。

4 Answer the following questions.

(1) 你每天幾點起床？幾點睡覺？

(2) 你一天上幾節課？

(3) 你今年學幾門課？

(4) 你哪門課學得最好？

(5) 你覺得哪門課難學？

(6) 你平常考試多不多？

(7) 你以後想做什麼工作？

(8) 你最近忙不忙？

(9) 你每天做功課做多長時間？

5 Translation.

(1) 下了三天雨了。

(2) 我認識他兩年了。

(3) 最早種茶和飲茶的是中國人。

(4) 長江是中國的第一大河。

(5) 這次物理考試他沒及格。

(6) 哥哥每天晚上玩電腦遊戲玩到十二點。

(7) 他每天一放學就回家。

(8) 他對科學最感興趣。

6 Reading comprehension.

大家快來參加功夫興趣班

人數：每班20人以下

活動時間：每周二、四下午
　　　　　3:15 － 4:30

活動地點：首都體育館

老師：齊光明老師（校外）

南山中學體育科

2000年3月5日

True or false?

(　)(1) 在這個興趣班裏，你可以學唱歌。

(　)(2) 功夫班最多可以有20個學生。

(　)(3) 興趣班每次活動一個小時一刻鐘。

(　)(4) 興趣班在學校的體育館活動。

(　)(5) 齊老師在南山中學教體育。

7 Reading comprehension.

安德是英國人，但是他從小就對中國文化非常感興趣。他七年以前在大學裏開始學習中文，到現在除了能説流利的漢語以外，還會寫毛筆字、畫國畫。他最近又開始學唱京劇。他以後想去中國工作。

Answer the questions.

(1) 安德是哪國人？

(2) 他對什麼非常感興趣？

(3) 他是什麼時候開始學中文的？

(4) 他漢語説得怎麼樣？

(5) 他現在正在學什麼？

8 Essay writing practice.

You should include:

－在哪個學校上學？

－上幾年級？

－今年學幾門課？

－哪個科目你學得好？爲什麼？

－哪個科目你不喜歡？爲什麼？

－你們經常有考試嗎？

－你們最近有什麼考試？
你考得好不好？

－你喜歡哪個老師？爲什麼？

Useful phrases:

科目	數學	化學	物理
生物	地理	歷史	家政
外語	漢語	體育	音樂
美術	戲劇	電腦	

對⋯⋯感興趣

（没）有意思　（没）有用

容易　難　教　嚴格

對⋯⋯好　考試　怕

複習功課　用功

學習　得⋯⋯分　（不）及格

147

第五單元　學校

第十五課　她們學校不大也不小

1 Name the places in Chinese.

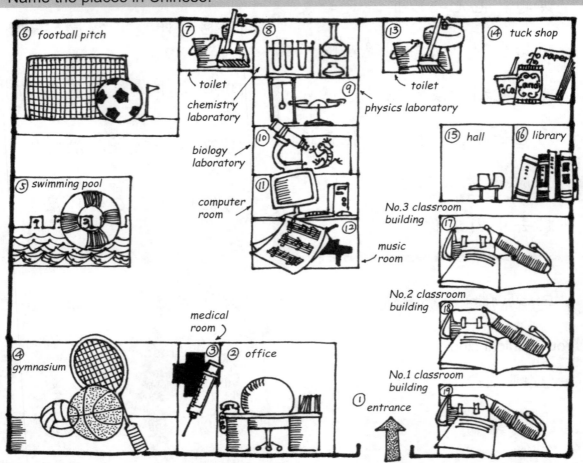

2 Finish the following sentences with the words in the box.

彈鋼琴	踢球	做運動	上網
看醫生	做實驗	畫畫兒	買午飯

(1) 我去小賣部＿＿＿＿＿。

(2) 我去體育館＿＿＿＿＿。

(3) 我去電腦室＿＿＿＿＿。

(4) 我去美術室＿＿＿＿＿。

(5) 我去音樂室＿＿＿＿＿。

(6) 我去醫務室＿＿＿＿＿。

(7) 我去實驗室＿＿＿＿＿。

(8) 我去足球場＿＿＿＿＿。

3 Write one sentence to describe each picture.

Example

（在他的房間裏）

他在他的房間裏睡覺。

❶ （在教室裏）

他們 _____

❷ （在車裏）

他 _____

❸ （在電影院裏）

小明 _____

❹ （在球場上）

他們 _____

❺ （在家裏）

小雲 _____

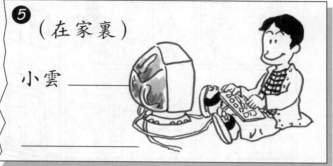

_____

❻ （在游泳池裏）

大力 _____

❼ （在家裏）

王太太 _____

❽ 靜 （在圖書館裏）

小方 _____

4 True or false?

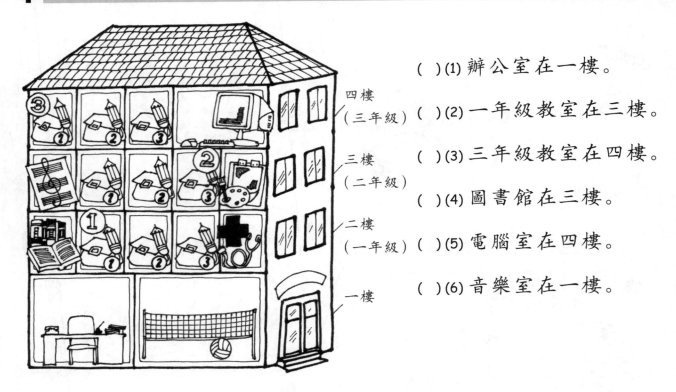

四樓
（三年級）

三樓
（二年級）

二樓
（一年級）

一樓

( )(1) 辦公室在一樓。

( )(2) 一年級教室在三樓。

( )(3) 三年級教室在四樓。

( )(4) 圖書館在三樓。

( )(5) 電腦室在四樓。

( )(6) 音樂室在一樓。

5 Give the meanings of the following phrases.

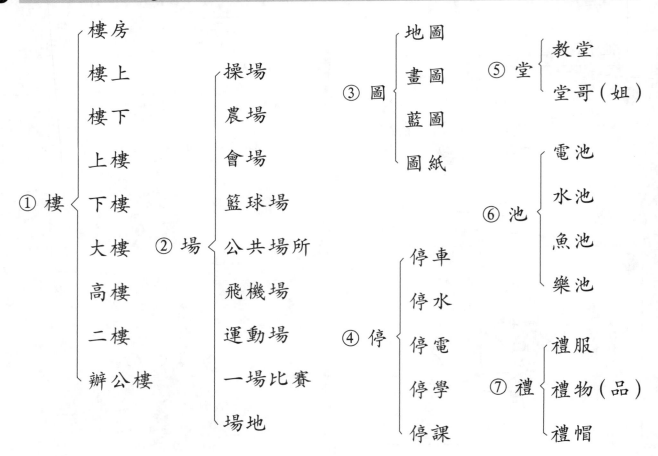

① 樓 ⎰ 樓房
樓上
樓下
上樓
下樓
大樓
高樓
二樓
辦公樓

② 場 ⎰ 操場
農場
會場
籃球場
公共場所
飛機場
運動場
一場比賽
場地

③ 圖 ⎰ 地圖
畫圖
藍圖
圖紙

④ 停 ⎰ 停車
停水
停電
停學
停課

⑤ 堂 ⎰ 教堂
堂哥（姐）

⑥ 池 ⎰ 電池
水池
魚池
樂池

⑦ 禮 ⎰ 禮服
禮物（品）
禮帽

6 Translation.

(1) 我的漢語老師不到三十歲。

(2) 我爺爺七十多歲了。

(3) 我在英國住了七年多。

(4) 他在上海工作了不到五年。

(5) 我們校長五十多歲了。

(6) 我爸爸每天不到五點就起床了。

(7) 我哥哥今年學十多門課。

(8) There are less than 100 teachers in our school.

(9) She looks over 20 years old.

(10) He is around 40 years old.

(11) Our school has over 1000 students.

(12) I am studying over 10 subjects this year.

(13) He played football for less than 2 hours.

(14) The temperature today is below 20℃.

7 Fill in the banks with the words in the box.

| 最近 | 以前 | 以後 | 一……就…… | 從來不 | 平時 | 總是 |

(1) 考試_____，他總是複習到很晚。

(2) 每天放學_____，她都有課外活動。

(3) 他經常_____上課_____睡覺，因爲他每天很晚睡覺。

(4) 他_____用功學習，也不做作業，所以他每次考試_____不及格。

(5) 我_____去了一次北京。這是我第一次去北京，我很喜歡北京。

(6) 我_____早上七點起床，但是我今天五點就起床了，因爲我要坐八點的飛機去上海。

Work with your partner. Change the passage into a dialogue.

李化今年上七年級。他在一所中文學校上學。他的學校很大，有兩幢教學樓。學校有大禮堂、圖書館、足球場、操場和體操房。學校還有兩個小賣部、五間電腦房、三間實驗室、兩間音樂室、兩間美術室和一個游泳池。

李化今年學十門課：中文、數學、英語、科學、地理、歷史、體育、音樂、電腦和家政。

李化每天上六節課，每節課五十分鐘，中午休息一個小時，下午三點鐘放學。他參加了學校的籃球隊和國畫班。他通常四點半到家。

Sample questions.

(1) 李化在哪兒上學？

(2) 他們學校大嗎？

(3) 他們學校有幾幢教學樓？

(4) 他們學校有游泳池嗎？

(5) 他們學校有幾個小賣部？

(6) 他們學校有幾間實驗室？

(7) 他今年學幾門課？什麼課？

(8) 他每天上幾節課？

(9) 一節課多長時間？

(10) 中午休息多長時間？

(11) 他們下午幾點放學？

(12) 他有沒有參加學校的籃球隊？

(13) 他通常幾點鐘到家？

9 Look at the layout of the school.

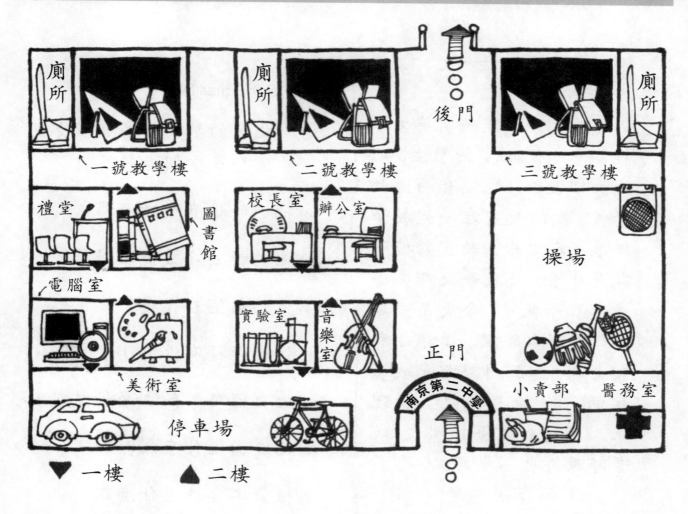

True or false?

( )(1) 這是一所小學。

( )(2) 這所學校一共有三幢教學樓。

( )(3) 這所學校沒有游泳池。

( )(4) 圖書館在二樓。

( )(5) 教師辦公室在一樓。

( )(6) 這所學校沒有小賣部。

( )(7) 這所學校只有一個門。

( )(8) 這所學校一共有三個廁所。

( )(9) 這所學校有一個醫務室。

( )(10) 這所學校有一個停車場。

王平： 你好！

　　我們學校是一所英文學校，一共有800多個學生，不到50個教師。學校有兩幢教學樓。我的教室在一號教學樓裏，在二樓。教室的樓下就是小賣部。我每天都去小賣部買午飯吃。今天是星期二，我有電腦課、漢語課和體育課。這三門課都是我喜歡的。我最不喜歡上物理課，因爲我覺得物理太難，老師教得也不太好。

　　好了，下次再寫！

你的筆友： 馬文學

2001 年 5 月 7 日

Answer the questions.

(1) 馬文學的學校一共有多少個學生？多少個老師？

(2) 他們學校有幾幢教學樓？

(3) 他的教室在幾號教學樓？

(4) 他的教室在幾樓？

(5) 他們學校有沒有小賣部？

(6) 他自己帶午飯去學校吃嗎？

(7) 他喜歡上什麼課？

(8) 他最不喜歡上什麼課？爲什麼？

11   Write the pinyin and the meanings of the following phrases.

(1) 游泳池 ＿＿＿＿＿ ＿＿＿＿＿

(2) 辦公樓 ＿＿＿＿＿ ＿＿＿＿＿

(3) 圖書館 ＿＿＿＿＿ ＿＿＿＿＿

(4) 操場 ＿＿＿＿＿ ＿＿＿＿＿

(5) 禮堂 ＿＿＿＿＿ ＿＿＿＿＿

(6) 教室 ＿＿＿＿＿ ＿＿＿＿＿

12 Fill in the blanks with the measure words in the box.

包　個　場　門　條　張　套　幢　節　隻

(1) 一 ___ 連衣裙

(2) 兩 ___ 鳥

(3) 三 ___ 足球賽

(4) 四 ___ 大學生

(5) 五 ___ 教學樓

(6) 六 ___ 外語課

(7) 這 ___ 綠茶

(8) 那 ___ 領帶

(9) 幾 ___ 西裝

(10) 五 ___ 課程

(11) 七 ___ 白紙

(12) 一 ___ 圖書館

13 Translation.

(1) 我家住在二樓，樓下是商店。

(2) 我妹妹每個星期天去體育館學體操。

(3) 你能跟我去，那實在太好了。

(4) 我們大樓昨天晚上停電了。

(5) 因爲發大水，今天所有的商店都停業一天。

(6) 聽説他父親最近當上了教育部長。

(7) 我很想去法國南部玩一玩。

(8) 我只用了兩個小時就做完了全部功課。

方明今年九歲，上小學三年級。她上午上課，下午放牛。她們學校很小，全校只有十五個學生，一個老師。最小的學生七歲，上一年級，最大的學生十二歲，上六年級。

方明的學校沒有游泳池，也沒有球場。學校外面有一條河，夏天學生們在河裏游泳，冬天在河上滑冰。在她們學校，高年級的學生除了自己學習以外，通常還要做"小老師"，比如說六年級的學生教二年級的學生。

方明很喜歡她的學校。

Answer the questions.

(1) 方明今年幾歲了？

(2) 她今年上幾年級？

(3) 她上午和下午都上學嗎？

(4) 她的學校大不大？

(5) 她的學校一共有多少學生？幾個老師？

(6) 她的學校有沒有游泳池？

(7) 她學校裏的"小老師"是誰？

(8) 她喜歡她的學校嗎？

閱讀（十三）孔子

1 Write the dates in Chinese.

(1) 551 B. C. → 公元前 551 年

(2) 1860 → 1860 年

(3) 479 B. C. →

(4) 201 B. C. →

(5) 1986 →

2 Translation.

(1) was born in 551 B. C.

(2) in the Chinese history

(3) the greatest thinker and educationist

(4) 3000 disciples

(5) very accomplished

3 Match the Chinese with the English.

(1) 思想家   (a) educationist

(2) 教育家   (b) playwright

(3) 劇作家   (c) scientist

(4) 科學家   (d) linguist

(5) 歷史學家   (e) thinker

(6) 語言學家   (f) writer

(7) 作家   (g) musician

(8) 畫家   (h) historian

(9) 音樂家   (i) painter

4 Give the meanings of the following phrases.

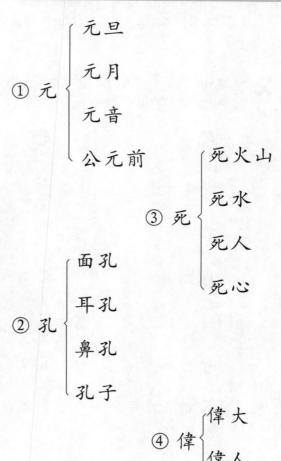

① 元
- 元旦
- 元月
- 元音
- 公元前

② 孔
- 面孔
- 耳孔
- 鼻孔
- 孔子

③ 死
- 死火山
- 死水
- 死人
- 死心

④ 偉
- 偉大
- 偉人

第十六課　校園不大，但是很美

1 Find the opposites.

(1) 生 ＿＿＿＿

(2) 進來 ＿＿＿＿

(3) 出生 ＿＿＿＿

(4) 遠 ＿＿＿＿

(5) 教 ＿＿＿＿

(6) 以前 ＿＿＿＿

(7) 從來不 ＿＿＿＿

(8) 美 ＿＿＿＿

(9) 容易 ＿＿＿＿

(10) 買 ＿＿＿＿

(11) 有趣 ＿＿＿＿

(12) 一樣 ＿＿＿＿

近　　不同　　出去

死　　去世　　學　　以後

總是　　難　　沒意思

醜　　賣

2 Match the words in column A with the ones in column B.

A

(1) 樓上

(2) 左面

(3) 上面

(4) 上樓

(5) 裏面

(6) 前面

B

(a) 外面

(b) 樓下

(c) 後面

(d) 右面

(e) 下面

(f) 下樓

3 Answer the following questions.

(1) 你們教室在幾樓？

(2) 你家離學校近嗎？

(3) 你每天怎麼上學？

(4) 你們學校一共有幾幢教學樓？

(5) 你們英語老師的辦公室在哪兒？

(6) 你們漢語老師的辦公室在哪兒？

4 Finish the following sentences.

(1) 張一飛的教室在 ＿＿＿三樓，302室。＿＿＿

(2) 李開明的教室在 ＿＿＿＿＿＿＿＿＿＿。

(3) 王老師的辦公室在 ＿＿＿＿＿＿＿＿＿。

(4) 程真的教室在 ＿＿＿＿＿＿＿＿＿＿＿。

(5) 孔老師的 ＿＿＿＿＿＿＿＿＿＿＿＿＿。

(6) 王金寶 ＿＿＿＿＿＿＿＿＿＿＿＿＿＿。

(7) 李老師 ＿＿＿＿＿＿＿＿＿＿＿＿＿＿。

(8) 史小紅 ＿＿＿＿＿＿＿＿＿＿＿＿＿＿。

(9) 孔明 ＿＿＿＿＿＿＿＿＿＿＿＿＿＿＿。

5 Translation.

(1) A: 請問，三號教學樓在哪兒？

B: 就在二號教學樓的旁邊。

(2) A: 請問，體育館在哪兒？

B: 體育館在小賣部的隔壁。

(3) A: 請問，電腦室在哪兒？

B: 電腦室在音樂室的樓上。

(4) A: 請問，醫務室在哪兒？

B: 醫務室在實驗室的對面。

(5) A: 請問，校長辦公室在哪兒？

B: 在一樓，教師辦公室的旁邊。

6 Translation.

(1) 游泳池離停車場不遠。

(2) 我家離學校很近，走路就行了。

(3) 書店離電影院不太遠。

(4) 北京離上海很遠。

(5) The changing room is not far from the toilet.

(6) The church is very close to my home.

(7) My father's company is close to my home, ten minutes' walk.

(8) The tuck shop is next to the library.

7 Give the meanings of the following phrases.

① 面 ⎰ 路面
      ⎱ 水面
      ⎱ 平面

② 園 ⎰ 公園
      ⎱ 花園
      ⎱ 菜園
      ⎱ 茶園
      ⎱ 動物園

③ 進 ⎰ 進去
      ⎱ 進來
      ⎱ 進城
      ⎱ 進出口公司
      ⎱ 進步

④ 壁 ⎰ 隔壁
      ⎱ 壁球
      ⎱ 壁畫

8 Look at the street map.

True or false?

(　)(1)商場在學校的對面。

(　)(2)小雲住在小明的隔壁。

(　)(3)小方住在體育館附近。

(　)(4)小花家離學校很遠。

(　)(5)停車場在學校的對面。

(　)(6)小天住在體育館的隔壁。

(　)(7)毛毛家離商場很近。

(　)(8)小方住在大興路43號。

(　)(9)小雲住在大興路40號。

(　)(10)小明家離毛毛家不遠。

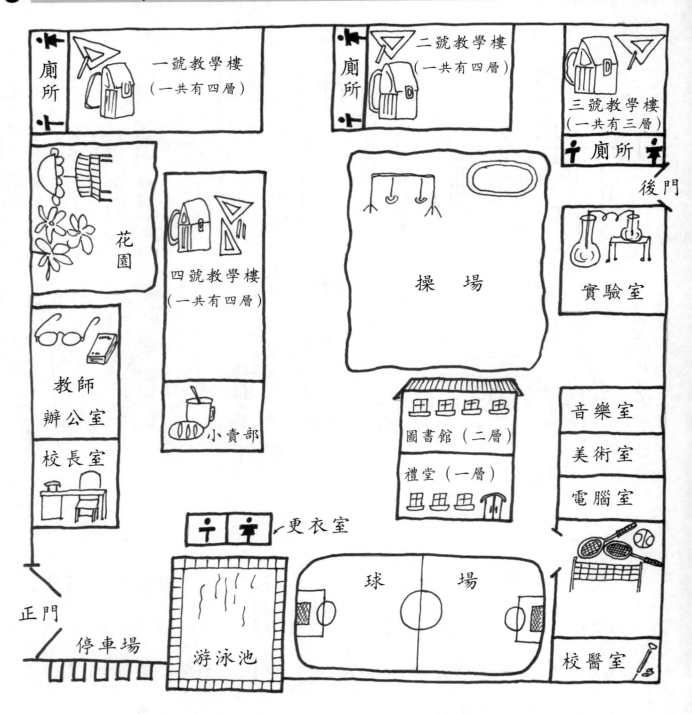

True or false?

( )(1) 停車場在學校正門的旁邊。   ( )(2) 圖書館在禮堂的樓下。

( )(3) 游泳池在球場的旁邊。   ( )(4) 實驗室在操場的後面。

16

( )(5) 校長室在教師辦公室隔壁。

( )(6) 四號教學樓一共有五層。

( )(7) 花園旁邊有廁所。

( )(8) 這所學校一共有六個廁所。

( )(9) 一號教學樓在二號教學樓的後面。

( )(10) 校醫室在實驗室的隔壁。

( )(11) 美術室在音樂室和電腦室的中間。

( )(12) 這所學校只有正門，沒有後門。

10 Circle the right word.

(1) 我家離學校不遠／運。

(2) 公圓／園就在我家附近。

(3) 教常／堂在學校的左邊。

(4) 操／澡場在校園的中間／問。

(5) 教學樓／數的右邊是圖書館。

(6) 體育館的旁邊是意／音樂室。

(7) 我今／會彈吉他。

(8) 學校有兩個實驗／臉室。

(9) 我對跳舞不感共／興趣。

(10) 今天你們有禮／體育課嗎？

11 Find the phrases. Write them out.

偉	大	思	校	花	教
業	人	想	公	園	堂
科	學	家	共	操	更
隔	壁	禮	汽	場	衣
附	近	堂	車	教	室

(1) _____ (8) _____

(2) _____ (9) _____

(3) _____ (10) _____

(4) _____ (11) _____

(5) _____ (12) _____

(6) _____ (13) _____

(7) _____ (14) _____

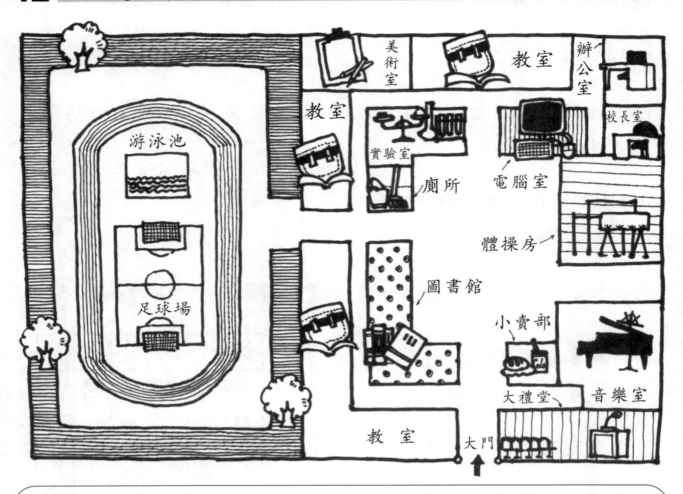

學校大門左邊是教室，右邊是大禮堂。大禮堂後面是小賣部和音樂室。小賣部在圖書館對面。音樂室的後面是體操房。圖書館的北邊是廁所，實驗室在廁所隔壁。廁所和實驗室的左邊是教室。體操房的後面是電腦室和校長室。電腦室後面也是教室。教室隔壁是美術室。校園的左邊有游泳池和足球場。

Answer the questions.

(1) 這所學校有幾個門？

(2) 實驗室在哪兒？

(3) 這所學校有沒有醫務室？

(4) 游泳池在哪兒？

(5) 廁所在體操房的隔壁，對嗎？

(6) 音樂室是不是在大禮堂的後面？

13 Finish the following description of the layout of the school.

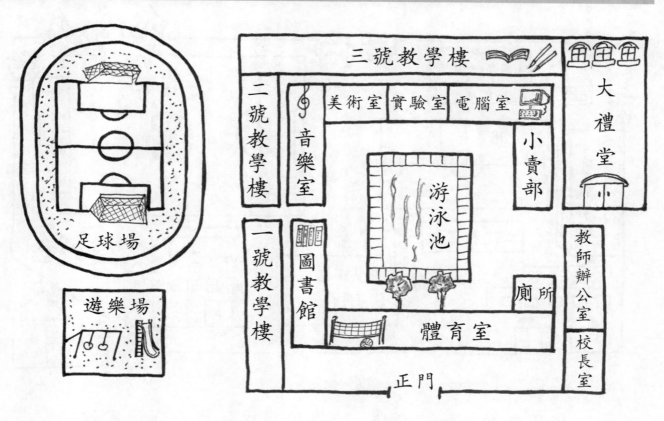

校園的＿＿＿＿有足球場和遊樂場。一走進校門，你就可以看到體育室。大門的＿＿＿＿是一號教學樓，＿＿＿＿是校長室。教師辦公室在校長室＿＿＿＿。體育室＿＿＿＿是圖書館，＿＿＿＿是廁所。小賣部在教師辦公室＿＿＿＿。大禮堂在小賣部的＿＿＿＿。美術室在三號教學樓＿＿＿＿。實驗室在電腦室和美術室的＿＿＿＿。三號教學樓在校園的最＿＿＿＿。游泳池在校園的＿＿＿＿。

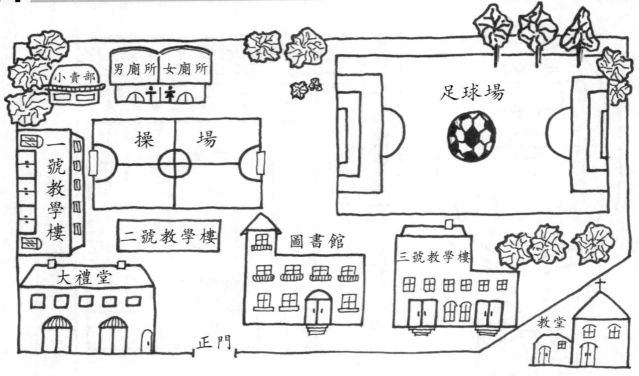

校園外面有一座教堂。一進校門你就能看到圖書館。圖書館的左右兩邊是大禮堂和三號教學樓。禮堂後面是二號教學樓。二號教學樓的後面是操場。操場旁邊是一號教學樓。操場後面是小賣部和廁所。操場的旁邊是足球場。

Answer the questions.

(1) 大禮堂在哪兒？
大禮堂在圖書館的 —————。

(2) 操場在哪兒？
操場在廁所的 —————。

(3) 足球場在哪兒？
足球場在操場的 —————。

(4) 三號教學樓在哪兒？
三號教學樓在圖書館的 —————。

(5) 圖書館在哪兒？
圖書館在三號教學樓和大禮堂的
—————。

(6) 二號教學樓在哪兒？
二號教學樓在大禮堂的 —————。

15 Describe the school below in Chinese.

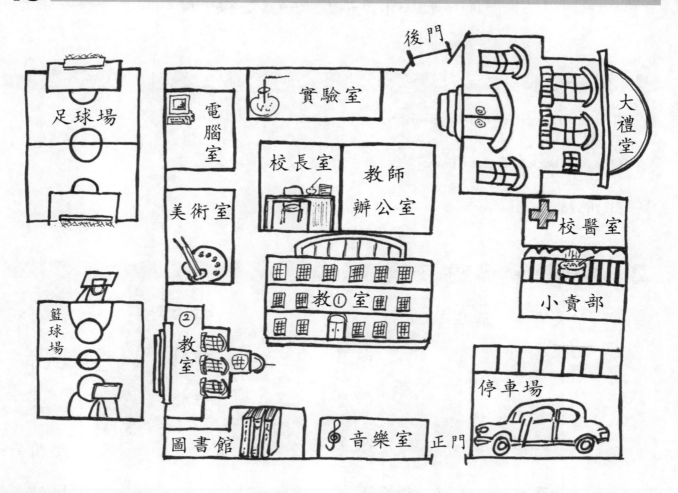

後門

足球場

電腦室

實驗室

大禮堂

美術室

校長室

教師辦公室

校醫室

籃球場

② 教室

教①室

小賣部

停車場

圖書館

音樂室 正門

16 Translation.

(1) 他不想遠離父母，去國外上大學。

(2) 我們一家人每個星期天都去遠足。

(3) 她是我家的一個遠親。

(4) 他昨天離開美國去南非了。

(5) 北京離上海很遠，要坐十幾個小時的火車。

閱讀（十四） 四大發明

1 Translation.

(1) a country with an ancient civilization

(2) as far back as ancient times

(3) the four great inventions

2 Give the meanings of the following phrases.

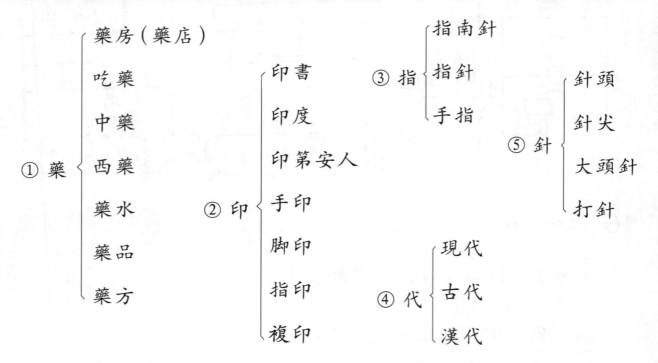

① 藥 {
藥房（藥店）
吃藥
中藥
西藥
藥水
藥品
藥方
}

② 印 {
印書
印度
印第安人
手印
腳印
指印
複印
}

③ 指 {
指南針
指針
手指
}

④ 代 {
現代
古代
漢代
}

⑤ 針 {
針頭
針尖
大頭針
打針
}

3 Translation.

(1) 畫家齊白石生於 1864 年，死於 1957 年。

(2) 這個星期我看了好幾部電影，其中有一部是中國電影。

(3) 遠在漢代，中國就發明了造紙術。

(4) 孔子一生教過 3000 多個弟子。

第十七課　她的電話號碼是多少

1　Match the sentences in column A with the ones in column B.

——————— (A) ———————

(1) 請問，哪一位是周醫生？

(2) 對不起，我不吃蝦。

(3) 你回去以後，打一個電話給我。

(4) 請問，王力在嗎？

(5) 非常感謝！

(6) 你今天下午有空嗎？

——————— (B) ———————

(a) 我今天下午有事兒！

(b) 没關係，我可以吃。

(c) 我就是。

(d) 不用謝。

(e) 我一到家就給你打電話。

(f) 請等一等，我去叫他。

2　Reading comprehension.

暑期書法班

<u>少年班</u>：六歲～十五歲

課時：八周（7月1日－8月31日）

上課時間：每周一、三，兩次，
　　　　　早上 8:30 － 9:30

<u>大人班</u>：18 歲以上

課時：四周（7月1日－7月31日）

上課時間：每周六，一次，
　　　　　早上 9:30 － 11:30

上課地點：少年宫

2001 年 6 月 1 日

Answer the questions.

(1) 五歲的孩子可不可以參加書法班？

(2) 少年書法班一共上多少節課？

(3) 書法班在哪兒上課？

(4) 大人書法班每星期上幾次課？一節課多長時間？

(5) 大人書法班一共上幾節課？

3 Study the following dialogue and then act it out.

老師：你好！中文大學。

小光：您好！請問，中文大學有沒有短期漢語班？

老師：有。我們有四周的、八周的和半年的。

小光：每一期都是哪一天開學？

老師：每個月的第一個星期一。

小光：每周上幾節課？每節課多長時間？

老師：每周上兩節課，每節課一小時。

小光：謝謝您！再見！

老師：不用謝，再見！

4 Translation.

(1) 他打電話打了二十五分鐘。

(2) 生日那天，爸爸給我買了一部手機。

(3) 請問，哪一位是張先生？

(4) 請轉 201 分機。

(5) 星期六下午你有空嗎？

(6) 對不起，她不在家，她出去了。

(7) 你的電話號碼是多少？

(8) 七點以後，我再打電話給他。

5 Read the advertisement first. Then finish the dialogue below.

百 花 琴 行

教鋼琴 1~8 級及樂理

上課時間：星期一～星期日
（公共假日休息）
上午 10 點～晚上 9 點半

上課地點：百花琴行琴房

SITUATION

－ 江文的兒子現在彈 6 級

－ 他想星期二、四下午 6 點到 7 點上課

－ 江文的手機號碼是 9624 7001

秘書：你好！百花琴行。

江文：您好！我想問一下你們琴行的鋼琴課程。

秘書：我們這裏＿＿級鋼琴都教。每天都可以上課。琴行的上課時間是上午＿＿到晚上＿＿。

江文：我兒子現在彈 6 級。他想星期二、四下午 6 點到 7 點上課，行不行？

秘書：我要先問一下鋼琴老師。我今晚會打電話給你。你的電話號碼是多少？

江文：我的手機號碼是 9624 7001。請問在哪兒上課？

秘書：在＿＿＿。

江文：謝謝。再見！

秘書：不用謝。再見！

6 Make a similar dialogue to the one in exercise 5.

小畫家美術中心

教國畫、油畫、水彩畫及鋼筆畫

上課時間：星期一～星期日
　　　　　（公共假日除外）
　　　　　早上 9:00 － 晚上 9:00

上課地點：美術中心工作室

SITUATION

－ 王雲的女兒想學油畫

－ 她想星期一、三下午四點到五點上課

－ 王雲的手機號碼是
9623 8651

7 Answer the following questions.

(1) 你經常給同學打電話嗎？

(2) 你每天打電話打多長時間？

(3) 你平時什麼時候打電話？

(4) 你有手機嗎？

(5) 你家的電話號碼是多少？

8 Translation.

(1) Before you go to school, give me a call.

(2) Excuse me, where is the toilet?

(3) I'm sorry, the headmaster is not in.

(4) Never mind, I will come back at 3 pm.

(5) I am free this afternoon.

(6) Who am I speaking to?

(7) I am sorry, he has gone to work.

9 Circle the right word.

(1) 晴／請問，現在幾點了？

(2) 對不起／趣，我沒戴／穿手錶。

(3) 你的電話號嗎／碼是多少？

(4) 没間／關係，我可以問／間一下其／期他人。

(5) 學校的賣／實驗室在哪兒？

(6) 廁所在游泳／冰池的對面。

10 Translation.

(1) 明天是大年初三，我請你來我家吃飯。

(2) 這樓裏有一套空房，你可以看看。

(3) 春節期間去朋友家吃飯，不可以空手去。

(4) 他對什麼都不關心。

(5) 這場排球賽，兩個隊的比分很接近。

(6) 我姐姐現在在英國上大學。我們每星期通一次電話。

(7) 我想給朋友買一件生日禮物。

11 Make up phrases.

(1) 生日 ⟶ 日＿＿

(2) ＿＿生 ⟶ 生活

(3) 請假 ⟶ 假＿＿

(4) 廁所 ⟶ 所＿＿

(5) 睡覺 ⟶ 覺＿＿

(6) ＿＿學 ⟶ 學習

(7) 地圖 ⟶ 圖＿＿＿

(8) 教學樓 ⟶ 樓＿＿

(9) ＿＿＿＿部 ⟶ 部門

(10) ＿＿面 ⟶ 面向

(11) ＿＿時 ⟶ 時間

(12) ＿＿課 ⟶ 課外活動

12 Give the meanings of the following phrases.

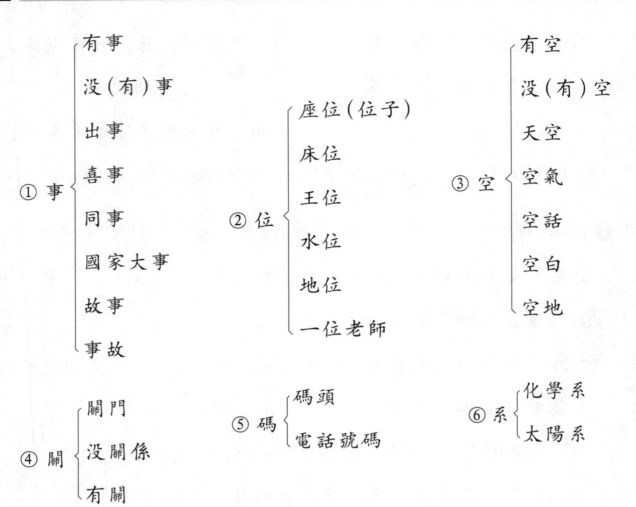

① 事 { 有事 / 没(有)事 / 出事 / 喜事 / 同事 / 國家大事 / 故事 / 事故

② 位 { 座位(位子) / 床位 / 王位 / 水位 / 地位 / 一位老師

③ 空 { 有空 / 没(有)空 / 天空 / 空氣 / 空話 / 空白 / 空地

④ 關 { 關門 / 没關係 / 有關

⑤ 碼 { 碼頭 / 電話號碼

⑥ 系 { 化學系 / 太陽系

13 Fill in the blanks with the words in the box.

| 嗎 | 呢 | 吧 |

(1) 你有兄弟姐妹＿＿＿？

(2) 我們坐火車去，你＿＿＿？

(3) 他們正在打球＿＿＿。

(4) 我們一起去上海＿＿＿。

(5) 已經七點了，快走＿＿＿。

(6) 你喜歡看小説＿＿＿？

(7) 這是你的皮鞋，我的＿＿＿？

(8) 你去過故宮＿＿＿？

(9) 我們馬上就走，你爸爸＿＿＿？

(10) 這是你的書包＿＿＿。

(11) 我們上樓看看＿＿＿。

(12) 你找一下＿＿＿。

14 Make two telephone calls.

①

Dialogue between you and 思明.
You tell her ...

– 你最近參加了一個國畫班

– 十月一日開始上課

– 上課時間：
　　每星期日上午 9:00～11:00

– 你的老師是一位有名的國
　　畫畫家

– 你想叫思明一起參加國畫
　　班

②

Dialogue between you and the receptionist
of Da Xin Cinema. She tells you ...

大新電影院

《紅提琴》廣東話／英語

每天放兩場： 10:00am 1:50pm

十月一日～十月十五日

15 Find the phrases. Write them out.

沒	關	係	座	位
有	門	不	手	機
事	空	早	客	天
對	不	起	人	氣
打	電	話	床	類

(1) _____　　(6) _____

(2) _____　　(7) _____

(3) _____　　(8) _____

(4) _____　　(9) _____

(5) _____　　(10) _____

親愛的文龍: 你好!

　　我下星期二(一月二十九日)去北京。飛機下午 2 點 40 分到。

　　我個子不太高(1.65m),頭髮是黑色的,很短,臉圓圓的。那天我會穿白襯衫、紫紅色的毛衣和藍色的牛仔褲。好了,飛機場見!

　　　　　　　　你的筆友: 李明

　　　　　　　2001 年 1 月 14 日

北京第五十七中學

馬文龍同學

香港九龍中學　　李明

Answer the questions.

(1) 李明哪天到北京?

(2) 李明怎麼去北京?

(3) 李明在哪兒上學?

(4) 李明長得什麼樣?

(5) 李明是馬文龍的同學嗎?

(6) 馬文龍在哪兒上學?

17 Translation.

(1) 雨已經停了。

(2) He has gone already.

(3) 今天晚上你有空兒嗎?

(4) Are you busy tomorrow morning?

(5) 這個周末我沒有事兒。

(6) I am free this afternoon.

(7) 我們明天去聽音樂會吧!

(8) Shall we play tennis now?

閱讀（十五）故宮

1 **Find the odd one out.**

(1) 思想家	銀行家	教育家	家庭主婦
(2) 哥哥	弟子	兄弟	弟弟
(3) 古箏	古代	古老	古時候
(4) 中藥	西藥	藥水	火藥
(5) 皇帝	國王	皇宮	女王

2 **Give the meanings of the following phrases.**

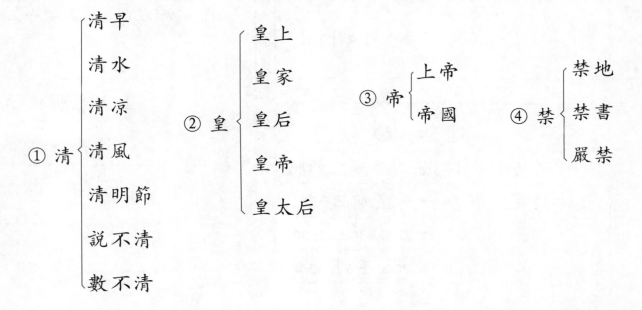

① 清 — 清早、清水、清涼、清風、清明節、説不清、數不清

② 皇 — 皇上、皇家、皇后、皇帝、皇太后

③ 帝 — 上帝、帝國

④ 禁 — 禁地、禁書、嚴禁

3 **Answer the following questions.**

(1) 孔子去世的時候多大歲數？

(2) 孔子一生教過多少學生？

(3) 中國古代的四大發明是什麼？

(4) 中國歷史上最後一個朝代是什麼朝代？

(5) 故宮在哪兒？

(6) 你看過《末代皇帝》這部電影嗎？

第十八課　請他給我回電話

1 Read the following notices.

通知 ❶

2000年9月12日是中秋節。本校師生放假一天。

寶山中學校長

2000年9月8日

通知 ❷

因為今天颳颱風，下大雨，所以學校停課一天。

上海光明中學

校務辦公室

2000年9月9日

通知 ❸

從七月一日開始，游泳池的開放時間是：星期一～星期日

6:30～12:30　13:30～21:30

2000年6月15日

Answer the questions.

(1) 寶山中學的學生 2000 年 9 月 12 日這一天上課嗎？為什麼？

(2) 寶山中學的老師 9 月 12 日這一天上班嗎？

(3) 第一個通知是誰寫的？

(4) 上海光明中學 9 月 9 日這天上不上學？為什麼？

(5) 游泳池中午開放嗎？休息多長時間？

(6) 游泳池一天開放幾個小時？

2 Give the meanings of the following phrases.

① 道
- 鐵道
- 通道
- 人行道
- 八道菜
- 道路

③ 演
- 演唱
- 演出
- 演員
- 時裝表演

② 找
- 找朋友玩兒
- 找工作

④ 知
- 知識
- 知名人士
- 通知

3 Find the odd one out.

(1) 明代　清代　漢代　現代

(2) 長城　皇帝　故宮　天安門

(3) 電腦　電視　停電　電車

(4) 對面　外面　面向　裏面

(5) 知道　生動　有趣　嚴格

(6) 左　　右　　前　　找

(7) 遠　　筆　　書　　紙

4 Reading comprehension.

5月7日星期日　　　　天氣：晴

　　今天下午我跟兩個朋友一起去唱卡拉OK了。我們從下午三點唱到五點。我們唱了英文歌、中文歌，還有日文歌。天明唱日文歌唱得真好聽，他是一個天生的歌手。文龍的中文歌唱得不錯。我喜歡唱英文歌。老歌、新歌我們都唱了。唱完卡拉OK，我們就回家了。今天下午大家唱得真開心！

True or false?

( )(1) 他們唱卡拉OK唱了三個小時。

( )(2) 他們只唱了英文歌。

( )(3) 天明唱歌唱得難聽。

( )(4) 他們只唱了流行歌。

( )(5) 唱完歌以後，他們一起去飯店吃飯了。

5　Write a passage about this family. Try to use the words in the box.

做不同的事　　樓房　　兩層樓　　……個房間　　在樓上　　在樓下

在床上　　　在床旁邊　　　聽音樂　　看電視　　　看書

做運動　　吃飯　　打電話　　睡覺

6　Fill in the blanks with the words in the box.

東西　　作業　　興趣　　電話　　考試

電腦遊戲　　電視　　鋼琴　　太陽　　車

(1) 他學習很好，從來不怕＿＿＿。

(2) 她對美術很感＿＿＿。

(3) 弟弟最喜歡看＿＿＿。

(4) 哥哥已經會開＿＿＿了。

(5) 媽媽常常叫我去買＿＿＿。

(6) 妹妹一天到晚給朋友打＿＿＿。

(7) 小明每天玩＿＿＿。

(8) 夏天媽媽喜歡去海邊曬＿＿＿。

(9) 他每天一到家就開始做＿＿＿。

(10) 小花的愛好是彈＿＿＿。

180

7 Reading comprehension.

1

> ### 通知
>
> 　　話劇《茶館》於2001年4月
> 20日到23日在我校大禮堂上
> 演。演出時間：晚上7:30～9:30
>
> 　　　　　向東中學
>
> 　　　　　2001年4月10日

2

> ### 通知
>
> 　　因昨晚大風雪，今日從天
> 水去南山的火車全部停開。
>
> 　　　　　2000年3月4日

Answer the questions.

(1) 話劇《茶館》在向東中學演
幾天？

(2) 演出幾點開始？

(3) 今天有從天水去南山的火車
嗎？爲什麼？

(4) 王大爲是大學生還是老師？

(5) 王大爲可以教什麼科目？

3

> 　　您正在找家庭老師嗎？本
> 人是北京大學中文系二年級
> 學生，可以上門教英語、中文
> 及數學。請電2898 4365。
>
> 　　　　　王大爲

8 Find the phrases. Write them out.

知	道	對	不	起
剛	告	已	經	打
人	才	訴	理	電
沒	關	係	說	話

(1) _____　　(5) _____　　(9) _____

(2) _____　　(6) _____　　(10) _____

(3) _____　　(7) _____

(4) _____　　(8) _____

校長今天放學以後要見小明，小明很怕見校長。小雪想知道校長爲什麼要見小明。

小明說："我有五門功課考試不及格：數學、物理、英文、中文和歷史。"

"我上個星期沒有來上學。"

"我上個星期也沒有回家。"

小雪：校長＿＿＿＿＿要見你？

小明：對。

小雪：爲什麼？

小明：我也＿知道，可是……

小雪：可是什麼？

小明：因爲我五門功課考試＿＿＿。

小雪：五門？＿五門功課？

小明：＿＿、物理、英語、＿＿和歷史。

小雪：還有呢？

小明：我上個＿＿沒有來上學。

小雪：什麼？

小明：我上個星期也沒有＿＿。

小雪：我的天！校長要開除你了！

小明：所以我很＿。

10 Translation.

(1) 我剛才在回家的路上見到了王醫生。

(2) 我弟弟在數學方面很有天才。

(3) 張先生是知名人士，在商界很有名。

(4) 小時候多學點兒知識，長大後有用。

(5) 他爸爸是一位能幹的人事部長。

(6) 你最好事先告訴我。

(7) 我爺爺在香港已經住了五十年了。

11 Give the meanings of the following pairs of phrases.

① { 鋼琴 / 剛才 } ③ { 告訴 / 造紙 } ⑤ { 找人 / 戲劇 } ⑦ { 電話 / 颱風 }

② { 知道 / 首都 } ④ { 皇帝 / 旁邊 } ⑥ { 已經 / 自己 } ⑧ { 清朝 / 請進 }

12 Circle the right word.

(1) 小明剛才打了一個電 話 / 語 給你。

(2) 我不知 / 短 道故宮在北京。

(3) 請 / 清 你找一下李光明的電話號碼。

(4) 我家附近有一個公 圓 / 園。

(5) 他已 / 己 經上床睡覺了。

(6) 告 / 先 訴媽媽我今晚不回家吃飯。

(7) 你會彈鋼 / 剛 琴嗎？

(8) 他去過世 / 也 界上很多地方。

(9) 爺爺很會畫花烏 / 鳥 畫。

(10) 我們坐 / 座 汽車去吧！

13　Read the following passage and then complete the dialogue.

王老師　　張一飛　　周元清

王老師是數學老師。她的學生周元清和張一飛剛考過數學。元清學習很用功，總是考得很好，常常得高分。一飛平時學習不用功，考試有時候及格，有時候不及格。這次他又不及格，只得了36分，他要再考一次。

元清、一飛：王老師，您好！

王老師：

元清：王老師，我這次數學考得怎麼樣？

王老師：

一飛：王老師，我及格了嗎？

王老師：

一飛：我得了多少分？

王老師：

一飛：我要不要再考一次？

王老師：

14　Translation.

(1) Where have you just been?

(2) He asked me to tell you that he is not coming.

(3) Please call him back.

(4) I have already finished reading this book.

(5) Mr. Wang is looking for you.

(6) Do you know Miss Li's telephone number?

(7) The headmaster asks me to tell you that he wants to see you.

生詞

第十五課　足球場　游泳池　小賣部　圖書館　體育館　廁所　幢　教學樓

辦公室　初一（初中一年級）　高一　不到　操場　禮堂

實驗室　醫務室（校醫室）　校長室　正門　後門　停車場

孔子　於　公元前　死　偉大　思想家　教育家　一生

弟子　其中　有作為

第十六課　校園　離　遠　附近　進　一層／一樓　左面　右面　對面

後面　更衣室　隔壁　旁邊　座　教堂

發明　文明　古國　古代　造紙術　指南針　火藥　印刷術

第十七課　電話號碼　請問　等一下　對不起　已經　沒關係　吧

哪一位　有事兒　沒事兒　打電話給……＝給……打電話

有空兒　沒空兒　音樂會

紫禁城　皇宮　明朝＝明代　清朝＝清代

皇帝　末代　先後

第十八課　回電話　接電話　剛才　知道　找　表演　讓　告訴

不客氣

總複習

1. School facilities

① 校園
- 教室
- 教學樓
- 教師辦公室
- 校長室
- 體育館
- 美術室
- 電腦室
- 音樂室
- 實驗室

② 校園
- 禮堂
- 圖書館
- 男、女廁所
- 小賣部
- 操場
- 足球場
- 游泳池
- 停車場
- 正門
- 後門
- 醫務室（校醫室）
- 更衣室

2. Position words

上面　下面　左面　右面　前面　後面　對面

旁邊　附近　隔壁　中間　樓上　樓下　三層（樓）

3. Telephone language and other idoms

(1) 打電話給……　　　　請……接電話

　　回電話給……　　　　請接（轉）……分機

　　電話號碼　　　　　　打錯了

(2) 哪一位？　　　　　　請等一等（等等、等一下）。　　　請問……

　　對不起。　　　　　　没關係。　　　　　　　　　　　不客氣。

　　有空（没事）。　　　没空（有事）。　　　　　　　　不行。

　　請坐！　　　　　　　請進！　　　　　　　　　　　近來怎麼樣？

　　多謝！　　　　　　　不用謝。

4. Other verbs

找　　讓　　知道　　告訴　　死　　造（紙）　　禁　　表演

5. Adjectives and adverbs

遠　　近　　偉大　　清　　已經　　剛才

6. Grammar

(1) Sentences indicating existence

(a) 在　　　　　教學樓在圖書館後面。

　　　　　　　小賣部在醫務室前面。

(b) 是　　　　　圖書館後面是教學樓。

　　　　　　　小賣部後面是醫務室。

(c) 有　　　　　教室裏没有人。

　　　　　　　辦公室後面有球場。

(2) particle "吧"　　我們走吧！

　　　　　　　再坐一會兒吧！

187

7. Questions and answers

(1) 你們學校有多少老師和學生？　　有 100 多個老師，1500 多個學生。

(2) 你們學校有幾幢教學樓？　　　　兩幢。

(3) 你今年學幾門課？　　　九門。

(4) 你家離學校遠嗎？　　　不遠。

(5) 你常打電話給你的朋友嗎？　　對。

(6) 你剛才上什麼課？　　物理。

(7) 你知道小明的電話號碼嗎？　　知道，9287 0064。

(8) 你能不能告訴我你爲什麼學漢語？

因爲我是中國人，漢語很有用。

(9) 你知道中國古代的四大發明嗎？

知道。中國的四大發明是造紙術、火藥、指南針和印刷術。

(10) 中國歷史上的朝代，你知道幾個？

我知道漢朝、明朝和清朝。

測驗

1 Find their opposites from the words in the box.

(1) 買 →

(2) 停車 →

(3) 遠 →

(4) 進 →

(5) 關 →

(6) 有空 →

(7) 死 →

(8) 對 →

(9) 醜 →

(10) 容易 →

(11) 好看 →

(12) 有趣 →

(13) 工作 →

(14) 古 →

(15) 總是 →

(16) 老 →

(a) 錯	(i) 休息
(b) 沒意思	(j) 美
(c) 賣	(k) 開
(d) 活	(l) 近
(e) 有事	(m) 今
(f) 難	(n) 出
(g) 從來不	(o) 新
(h) 難看	(p) 開車

2 Translation.

(1) 請讓李明接電話。

(2) 老師讓我再考一次生物。

(3) 你知不知道孔子一生教過多少學生？

(4) 你知道中國古代的四大發明嗎？

(5) 請你告訴他我今天不來了。

(6) 你剛才去哪兒了？

(7) 香港離北京不遠。

(8) 他已經走了。

3 Fill in the blanks with the words in the box.

嗎	呢	吧	了

(1) 你們學校有游泳池＿＿＿？

(2) 我已經給小方回電話＿＿＿。

(3) 我們周末去看電影＿＿＿！

(4) 今天下午我想去打球，你＿＿＿？

(5) 圖書館關門＿＿＿。

(6) 我們先走＿＿＿！

(7) 你明天上午有空＿＿＿？

189

4 Translation.

(1) The changing room is next to the sports hall.

(2) The sports field is opposite to the swimming pool.

(3) The school is not far from my home.

(4) There is no one at home.

(5) There is a car park in front of the entrance.

5 Read the description of a school. Then draw the layout.

英才中學是一所英文學校。校園很大。一走進正門，你就可以看見一號教學樓，一共有五層高。一號教學樓左邊是大禮堂，右邊是操場。操場後面是一個游泳池。一號教學樓後面是二號教學樓。二號教學樓的四樓有美術室、電腦室和音樂室。其中美術室在電腦室和音樂室的中間。大禮堂後邊是三號教學樓。學校的圖書館在三號教學樓的後面。每座大樓的一樓都有一個男、女廁所。

True or false?

( )(1) 一號教學樓後面是禮堂。

( )(2) 英才中學一共有兩座教學樓。

( )(3) 二號教學樓裏有四間美術室。

( )(4) 學校有一座體育館。

( )(5) 每幢教學樓裏有一間男、女廁所。

6 Translation.

(1) Three years ago I was in Canada.

(2) I am going to America on holiday for a month or so.

(3) I will phone you again in two weeks' time.

(4) Our Maths teacher is over 40.

(5) Yesterday I bought ten pairs of jeans.

(6) Today's temperature is about 30 degrees.

7 Read the note below.

天星：你好!

　　謝謝你請我參加你的生日會。可是明天上午我要去機場接我的朋友，所以我不能參加你的生日會。我的朋友從澳大利亞來看我，我們已經很多年沒有見面了。我回家後再給你打電話。非常對不起。

孔偉

5 月 7 日

Answer the questions.

(1) 孔偉明天上午爲什麼不能參加天星的生日會?

(2) 孔偉的朋友從哪兒來看他?

(3) 孔偉跟他的朋友經常見面嗎?

8 Writing practice. Draw the layout of your school and then describe its facilities.

詞彙表

dàyī	大衣 overcoat
dài	戴 wear (accessories)
dài shang	戴上 put on
dài	代 historical period
dài	帶 belt; take; bring
dàn	旦 the female character in traditional opera
dāng	當 work as; be
dào	道 road; way; measure word
... de shíhou	······的時候 when
de	得 particle, used to form a complement
déyì	得意 proud of oneseif
dé...fēn	得······分 score
děngyixià	等一下 wait a minute
dìlǐ	地理 geography
dì	第 for ordinal number
dì yī	第一 number one; first
dìzǐ	弟子 follower; disciple
dì	帝 God; emperor
diǎn	典 standard
diànhuà hàomǎ	電話號碼 telephone number
diànnǎo	電腦 computer
diànshì	電視 TV
diànyǐng	電影 movie
dōngjīng	東京 Tokyo
dòng	動 move
dòngwù	動物 animal
dù	度 degree; spend
dùjià	度假 spend one's holidays
duān	端 end; carry
duānwǔjié	端午節 the Dragon Boat Festival
duǎn	短 short
duǎnkù	短褲 shorts
duǎnqún	短裙 short skirt
duǎnxiù	短袖 short-sleeved
duǎnxiù chènshān	短袖襯衫 short-sleeved shirt
duī	堆 pile up
duī xuěrén	堆雪人 make a snowman
duì	對 to; correct
duìbuqǐ	對不起 sorry; excuse me
duìmiàn	對面 opposite
duì...(hěn) hǎo	對······（很）好 nice to
duì...gǎnxìngqù	對······感興趣 be interested in
duì...yángé	對······嚴格 be strict with
duì	隊 team; group
duìyuán	隊員 team member

duōcháng shíjiān	多長時間 how long (of time)
duōshao	多少 how many; how much
duōyún	多雲 cloudy

F

fāmíng	發明 invention
fáng	房 house; room
fàng fēngzheng	放風箏 fly a kite
fàngjià	放假 have a holiday
fàng shǔjià	放暑假 have a summer holiday
fēicháng	非常 very; extremely
fēnzhōng	分鐘 minute
fēng	風 wind
fēngzheng	風箏 kite
fù	附 add; be near; attach
fùjìn	附近 nearby
fù	父 father
fùmǔqin	父母親 parents
fù	複（復）duplicate; recover; answer; again
fùxí	複習 review; revise

G

gāi	該 should
gǎn	感 feel; sense
gāng	剛 just; exactly
gāngcái	剛才 just now; a moment ago
gāng	鋼 steel
gāngqín	鋼琴 piano
gāo'ěrfūqiú	高爾夫球 golf
gāoxìng	高興 happy; cheerful
gāoyī	高一 grade 1 in senior high school
gāo	糕 cake; pudding
gào	告 tell; inform
gàosu	告訴 tell; let know
gē	歌 song
gé	隔 separate
gébì	隔壁 next door
gé	格 check
gézi	格子 check
gěi...dǎ diànhuà	給······打電話 call somebody
gēngyīshì	更衣室 changing room
gēn	跟 heel; follow; and
gēn...yìqǐ	跟······一起 (together) with...
gāngbǐhuà	鋼筆畫 pen-and-ink drawing

193

gōngjīn	公斤	kilogram	hóngsè	紅色	red
gōngkè	功課	schoolwork; homework	hòumén	後門	back door
gōnglǐ	公里	kilometer	hòumian	後面	back
gōngyuán	公元	the Christian era	hòu	候	wait; time
gōngyuánqián	公元前	B.C.	hù	戶	door; household; family
gōng	功	skill; merit	huā	花	flower
gōng	宮	palace	huāchá	花茶	scented tea
gǔdài	古代	ancient times	huāniǎohuà	花鳥畫	flower and bird painting
gǔdiǎn	古典	classical	huá	滑	slip
gǔdiǎn yīnyuè	古典音樂	classical music	huábīng	滑冰	skate
gǔguó	古國	ancient country	huáxuě	滑雪	ski
gǔlǎo	古老	ancient	huà huàr	畫畫兒	draw(paint) a picture
gù	故	former; incident	huàjiā	畫家	painter
gùgōng	故宮	the Forbidden City	huà	化	change; influence; -ize; -ify
gùxiāng	故鄉	home town; birthplace	huàxué	化學	chemistry
guā	颱	blow	huáng	皇	emperor
guāfēng	颱風	windy	huángdì	皇帝	emperor
guā xīběifēng	颱西北風	north westerly wind	huánggōng	皇宮	imperial palace
guān	關	shut; turn off	huáng	黃	yellow
guānxi	關係	relationship	huánghé	黃河	the Yellow River
guǎn	館	a place for cultural activities	huángsè	黃色	yellow
guóbǎo	國寶	national treasure	huīsè	灰色	grey
guójù	國劇	national opera	huí diànhuà	回電話	return the phone call
guówài	國外	abroad	huó	活	live; alive
guò	過	spend (time)	huódòng	活動	exercise; activity
guò hánjià	過寒假	spend winter holidays	huǒyào	火藥	gun powder
guònián	過年	celebrate the New Year			

H

hái	還	still	jí	及	reach; and
hǎibiān	海邊	seaside	jígé	及格	pass a test or examination
hán	寒	cold	jí	吉	lucky
hán	韓	surname	jítā	吉他	guitar
hánguó	韓國	Republic of Korea	jìjié	季節	season
hánjià	寒假	winter holiday	jiājiā hùhù	家家戶戶	every household
hàn	汗	sweat	jiāzhèng	家政	home economics
hànshān	汗衫	T-shirt	jià	假	holiday; vacation
hǎoduō	好多	a lot of	jiàqī	假期	holiday
hé	合	close; join; combine	jiān	間	within a definite time or space
héchàng	合唱	chorus	jiàn	件	measure word
héchàngduì	合唱隊	choir	jiāng	江	river
hé	河	river	jiāo	教	teach
hēi	黑	black	jiāoshū	教書	teach
hēisè	黑色	black	jiǎo	餃	dumpling
hóngchá	紅茶	black tea	jiǎozi	餃子	dumpling
			jiǎo	腳	foot

194

jiàotáng	教堂	church
jiàoxuélóu	教學樓	classroom block
jiàoyùjiā	教育家	educationist
jiào	覺	sleep
jiē	接	connect; receive; meet
jiē diànhuà	接電話	answer the phone
jiérì	節日	festival; holiday
jīn	巾	a piece of cloth
jīn	斤	half a kilogram
jìn	近	near
jìn	進	enter
jìn	禁	prohibit
jīngcháng	經常	often
jīngjù	京劇	Peking Opera
jìng	淨	the character type with the painted face in traditional opera; clean
jiù	就	at once; right away
jù	劇	play; drama; opera
juéde	覺得	feel; think
jué	角	role; character
juésè	角色	role

K

kāishǐ	開始	start
kàn diànshì	看電視	watch TV
kàn diànyǐng	看電影	watch movies
kànshangqu xiàng	看上去（像）	look (like)
kǎo	考	give or take an examination, test or quiz
kǎoshì	考試	examination; test
kē	科	a branch of academic study
kēxué	科學	science
kēxuéjiā	科學家	scientist
kěnénghuì	可能（會）	possible; possibly
kè	課	course; class; lesson
kèchéngbiǎo	課程表	school timetable
kèjiān xiūxi	課間休息	break (between classes)
kèwài huódòng	課外活動	extra-curricular activity
kè	客	visitor; traveller; customer
kèqi	客氣	polite
kǒng	孔	hole; surname
kǒngzǐ	孔子	Confucius
kòng	空	blank; vacant; free time

kù	褲	trousers
kùzi	褲子	trousers

L

lā	拉	pull; play (certain musical instrument)
lā xiǎotíqín	拉小提琴	play the violin
lán	籃	basket
lánqiú	籃球	basketball
lán	藍	blue
lánsè	藍色	blue
léi	雷	thunder
lèi	類	kind; type; category
lěng	冷	cold
lí	離	distance from
lǐ	禮	ceremony
lǐtáng	禮堂	assembly hall
lián	連	link
liányīqún	連衣裙	dress
liǎn	臉	face
liáng	涼	cool
liángkuai	涼快	nice and cool
liǎng ge xīngqī	兩個星期	two weeks
liàng	亮	bright; light; shine
língxià	零下	below zero
lǐng	領	neck; collar
lǐngdài	領帶	neck tie
liú	流	flow; current
liúxíng	流行	popular
liúxíng yīnyuè	流行音樂	pop music
lóng	龍	dragon
lóngzhōujié	龍舟節	the Dragon Boat Festival
lóu	樓	multi-stored building; floor
lǜ	綠	green
lǜchá	綠茶	green tea
lǜsè	綠色	green

M

mǎ	碼	a sign or thing indicating a number
mǎi	買	buy
mǎi dōngxi	買東西	go shopping
mài	賣	sell
máng	忙	busy
máobǐzì	毛筆字	calligraphy

máomaoyǔ	毛毛雨	drizzle
máoyī	毛衣	woollen sweater
mào	帽	hat
màozi	帽子	hat
māo	貓	cat
méiguānxi	沒關係	never mind
méikòngr	沒空兒	occupied; busy
méishìr	沒事兒	free; not busy
méiyǒu yìsi	沒有意思	boring
měicì	每次	every time
měishù	美術	art
miàn	面（麵）	face; side; flour
míngdài	明代	the Ming Dynasty
míngshèng	名勝	famous tourist attraction
mò	末	end
mòdài	末代	the last reign of a dynasty
mò	墨	ink; ink stick
mǔ	母	mother

N

nǎ yí wèi	哪一位	Who am I talking to?
nàr	那兒	there
nánfāngrén	南方人	Southerner
nán	難	difficult
nǎo	腦	brain
néng	能	able; capable; can
nízi	呢子	woollen cloth
niángāo	年糕	New Year cake (made of glutinous rice flour)
niǎo	鳥	bird
niú	牛	ox
niúzǎikù	牛仔褲	jeans
nóng	農	agriculture; farmer
nónglì	農曆	the lunar calendar
nónglì xīnnián	農曆新年	the Chinese New Year
nuǎn	暖	warm
nuǎnhuo	暖和	nice and warm

P

pà	怕	fear; be afraid of
pái	排	arrange; row; line
páiqiú	排球	volleyball
pāng	乒	bang

páng	旁	side
pángbiān	旁邊	side
pǎo	跑	run
pǎobù	跑步	run
pí	皮	leather; skin
píxié	皮鞋	leather shoes
pǐn	品	article; product
pǐnzhǒng	品種	breed; variety
pīng	乒	table tennis
pīngpāngqiú	乒乓球	table tennis
píng	平	flat; average
píngshí	平時	normally
pō	坡	slope

Q

qí báishí	齊白石	famous Chinese painter
qí	其	he; she; it; they
qízhōng	其中	among (which)
qǐ	起	rise; start
qǐchuáng	起床	get up
qìwēn	氣溫	air temperature
qiān	千	thousand
qián	前	front; before; former; first
qín	琴	a general name for certain musical instrument
qīng	清	clear; quiet
qīngcháo	清朝	the Qing Dynasty
qīngdài	清代	the Qing Dynasty
qíng	晴	fine; clear
qíngtiān	晴天	sunny day
qíngzhuǎn duōyún	晴轉多雲	change from sunny to cloudy
qǐng	請	request; invite; please
qǐngwèn...	請問……？	Excuse me; one may ask
qiú	球	ball
qùshì	去世	die
qù	趣	interest
quáncháng	全長	whole length
qún	裙	skirt
qúnzi	裙子	skirt

R

| ràng | 讓 | give way; let |

rè	熱	hot
rénwù	人物	figure
rénwùhuà	人物畫	figure painting
rèn	認	recognize; know
rènshi	認識	know; understand
róng	容	hold; facial expression
róngyì	容易	easy
rú	如	for instance

S

sài	賽	match; game; competition
sài lóngzhōu	賽龍舟	Dragon-boat race
sānqiān	三千	three thousand
sè	色	colour
shài	曬	shine upon
shài tàiyáng	曬太陽	sunbathe
shānshuǐhuà	山水畫	landscape painting
shān	衫	unlined upper garment
shǎng	賞	reward; admire; enjoy
shǎngyuè	賞月	enjoy the glorious full moon
shàngkè	上課	attend class
shénme shíhou	什麼時候	when
shēng	生	the male character in traditional opera
shēngdòng	生動	lively; vivid
shēngwù	生物	biology
shèng	勝	victory; wonderful
shí'èr mén kè	十二門課	twelve school subjects
shí	時	time; hour
shíhou	時候	time; moment
shíjiān	時間	time
shí	實	solid; true; fact
shíyànshì	實驗室	laboratory
shí	石	stone
shǐ	始	beginning
shì	式	type; style
shìyàng	式樣	style; type
shí	識	know; knowledge
shì	事	matter; thing
shì	視	look at; watch
shì	試	try; test
shì	室	room
shì...de	是……的	used for emphasis
shǒu	首	head; leader

shǒudū	首都	capital (of a country)
shǒutào	手套	gloves
shǔ	暑	heat; hot weather
shǔjià	暑假	summer holiday
shù	數	number
shùxué	數學	maths
shù	術	art; skill
shuā	刷	brush
shuāyá	刷牙	brush one's teeth
shuǐcǎihuà	水彩畫	watercolour (painting)
shuì	睡	sleep
shuìjiào	睡覺	sleep
sī	思	think
sīxiǎngjiā	思想家	thinker
sǐ	死	die
sù	訴	tell; inform
suǒ	所	place; measure word
suǒyǐ	所以	so; therefore

T

tā	它	it
tāmen	它們	they; them
tái	臺（颱）	platform; table; typhoon
táiběi	臺北	Taipei
táifēng	颱風	typhoon
táiwān	臺灣	Taiwan
tàiyáng	太陽	sun
tán	彈	play (a stringed instrument)
tán gāngqín	彈鋼琴	play the piano
tán jítā	彈吉他	play the guitar
táng	堂	hall
tào	套	cover; measure word
tàozhuāng	套裝	woman's suit
tī	踢	kick; play
tī zúqiú	踢足球	play football
tí	提	carry in one's hand; raise
tǐ	體	body
tǐyù	體育	physical training; sports; PE
tǐyùguǎn	體育館	gymnasium
tiān'ānmén	天安門	Tian An Men
tiānqì	天氣	weather
tiáo	條	stripe
tiáozi	條子	stripe
tiào	跳	jump; beat
tiàowǔ	跳舞	dance

tīng	聽	listen; hear
tīng yīnyuè	聽音樂	listen to music
tíng	停	stop
tíngchēchǎng	停車場	car park
tōngcháng	通常	usually; generally
tóngshí	同時	at the same time
tú	圖	picture; map
túshū	圖書	books
túshūguǎn	圖書館	library
tuán	團	round; group; organization
tuányuán	團圓	reunion
tuányuánjié	團圓節	the Mid-Autumn Festival

W

wà	襪	socks
wàzi	襪子	socks
wài	外	outside; foreign
wàitào	外套	outer garment
wàiyǔ	外語	foreign languages
wān	灣	gulf; bay
wán	玩	play
wán diànnǎo yóuxì	玩電腦遊戲	play computer games
wán	完	finish
wǎng	網	net
wǎngqiú	網球	tennis
wéi	圍	enclosure
wéijīn	圍巾	scarf
wěi	偉	big; great
wěidà	偉大	great; mighty
wèi	爲	for; because
wèishénme	爲什麼	why
wèi	位	place; position; measure word
wēn	溫	warm; temperature
wénfáng sìbǎo	文房四寶	the four treasures of the study
wénhuà	文化	culture
wénmíng	文明	civilization
wūlóngchá	烏龍茶	oolong (tea)
wǔ	舞	dance
wù	物	thing; matter
wùlǐ	物理	physics
wǔyuè chūwǔ	五月初五	May 5th (lunar calendar)

X

xīzhuāng	西裝	suit
xī	息	stop; rest
xí	習	practice; exercise
xǐ	洗	wash
xǐliǎn	洗臉	wash one's face
xǐzǎo	洗澡	have a bath
xì	戲	play; drama
xìjù	戲劇	drama; play
xì	係	system; faculty; related to
xiā	蝦	shrimp
xiàyǔ	下雨	rainy
xiānhòu	先後	one after another
xiāng	鄉	countryside; home town
xiàng	像	be like; resemble
xiàng zhēnde yíyàng	像真的一樣	true to life; vivid
xiǎojie	小姐	miss
xiǎomàibù	小賣部	tuck shop
xiǎoshuō	小說	novel; fiction
xiǎotíqín	小提琴	violin
xiàofú	校服	school uniform
xiàoyīshì	校醫室	medical room
xiàoyuán	校園	school campus
xiàozhǎngshì	校長室	the principal's office
xié	鞋	shoe
xīn	新	new
xīnnián	新年	New Year
xīnjiāpō	新加坡	Singapore
xìng	興	mood or desire to do sth.; interest
xìngqù	興趣	interest
xióng	熊	bear
xióngmāo	熊貓	panda
xiū	休	stop; rest
xiūxi	休息	rest
xiù	袖	sleeve
xuéqī	學期	school term
xuéxí	學習	study; learn
xuě	雪	snow

Y

yán	嚴	tight; strict
yángé	嚴格	strict
yán	顏	colour

yánsè	顏色	colour		yīnggāi	應該	should
yǎn	演	perform; play		yǐng	影	shadow; film
yàn	硯	inkstone; inkslab		yǒng	泳	swim
yàn	驗	examine		yònggōng	用功	study hard
yáng	陽	masculine or positive principle in nature		yóu	油	oil
				yóuhuà	油畫	oil painting
yàng	樣	shape; form; pattern		yóu	游（遊）	swim; travel
yáo	搖	shake; rock; turn		yóuxì	遊戲	game
yáolán	搖籃	cradle		yóuyǒng	游泳	swim
yào	藥	medicine		yóuyǒngchí	游泳池	swimming pool
yào	要	essential; want; must; will		yóuyǒngduì	游泳隊	swimming team
yè	業	profession; trade		yǒukòngr	有空兒	free; not busy
yè	葉	leaf		yǒumíng	有名	famous
yī	衣	clothes		yǒuqù	有趣	interesting
yīfu	衣服	clothes		yǒushíhou	有時候	sometimes
yīwùshì	醫務室	medical room		yǒushìr	有事兒	occupied; busy
yī...jiù...	一……就……	as soon as		yǒuyìsi	有意思	meaningful; interesting
yígòng	一共	altogether		yǒuzuòwéi	有作為	accomplished
yíhuìr	一會兒	a little while		yòumiàn	右面	right side
yíyàng	一樣	the same		yòu	又	again
yǐ	已	already		yòu...yòu...	又……又……	both... and ...
yǐjīng	已經	already		yú	於	in; at; on
yǐqián	以前	before		yú	魚	fish
yǐshàng	以上	more than; the above		yǔ	羽	feather
yìbiān...yìbiān...	一邊……一邊…… at the same time; simultaneously		yǔmáoqiú	羽毛球	badminton
				yǔ	雨	rain
yìcéng	一層	first floor		yù	育	give birth to; raise; educate
yìlóu	一樓	first floor		yuán	元	first; unit
yìqǐ	一起	together		yuán	園	an area of land for growing fruits; a public place
yìshēng	一生	all one's life				
yì	意	meaning; idea		yuán	圓	round; circular
yìsi	意思	meaning		yuǎn	遠	far
yì	易	easy		yuèbǐng	月餅	moon cake
yīn	陰	overcast		yuèliang	月亮	the moon
yīnlì	陰曆	lunar calendar		yuè	樂	music
yīntiān	陰天	cloudy day		yùn	運	motion
yīn	因	cause; because of		yùndòng	運動	sports
yīnwèi	因為	because		yùndòngxié	運動鞋	sports shoes
yīnwèi...suǒyǐ...	因為……所以…… because...				
yīn	音	sound; tone				

Z

zǎi	仔	son; young animal
zǎo	澡	bath
zào	造	make; build
zàozhǐshù	造紙術	paper making
zěnmeyàng	怎麼樣	how; what

yīnyuè	音樂	music
yīnyuèhuì	音樂會	concert
yǐn	飲	drink
yǐnchá	飲茶	drink tea
yìn	印	print
yìnshuāshù	印刷術	printing
yīng	應	should

zhǎo	找	look for; ask for; give change
zhēn	針	needle
zhēn	真	true; real; genuine
zhēng	箏	a stringed instrument; kite
zhèng	正	straight; upright; correct
zhèngmén	正門	main entrance
zhèngzài	正在	in the process of
zhèng	政	political affairs
zhī	知	know; inform
zhīdao	知道	know; be aware of
zhī	隻	measure word
zhǐ	指	finger; point to
zhǐnánzhēn	指南針	compass
zhǐyǒu	只有	only
zhǐ	紙	paper
zhōngguóhuà	中國畫	Chinese painting
zhōngqiūjié	中秋節	the Mid-Autumn Festival
zhōng	鐘	bell; clock; time
zhòng	種	grow; plant
zhòng chá	種茶	grow tea
zhòng	重	weight; heavy; important
zhòngyào	重要	important; major
zhōu	周	week; whole
zhōumò	周末	weekend
zhōu	舟	boat
zhúzi	竹子	bamboo
zhǔyào	主要	main
zhuǎn	轉	turn; shift; change
zhuāng	裝	outfit; clothing
zhuàng	幢	a measure word for buildings
zǐ	紫	purple
zǐjìnchéng	紫禁城	the Forbidden City
zǐsè	紫色	purple
zìxué	自學	teach oneself
zōng	棕	brown
zōngsè	棕色	brown
zǒng	總	sum up; always
zǒngshì	總是	always
zòngzi	糉子	a pyramid-shaped dumpling made of sticky rice wrapped in bamboo or reeds
zúqiú	足球	football; soccer
zúqiúchǎng	足球場	football pitch
zuìjìn	最近	recently
zuǒmiàn	左面	left side
zuǒyòu	左右	around
zuòwéi	作爲	accomplishment

zuòyè	作業	homework
zuò zuòyè	做作業	do homework
zuò	座	seat; measure word